2014 年广东省教育厅人文社科重大项目"饶宗颐研究"阶段性成果

《潮汕文库》大型丛书组委会

主　任：顾作义　　　方健宏　　　许钦松

副主任：周镇松　　林　涛　　陈丽文　　方赛妹　　罗仰鹏

委　员：许永波　　徐义雄　　黄奕瑄　　邱锦鸿　　饶　敏

　　　　林　农　　刘雨声　　陈荆淮　　陈海咏

《潮汕文库》大型丛书编委会

顾　问：饶芃子　　曾宪通　　陈平原　　陈春声

主　任：顾作义

副主任：罗仰鹏　　林伦伦　　徐义雄

委　员：（按姓氏音序排列）

　　　　陈海忠　　陈汉初　　陈荆淮　　黄　挺　　刘洪辉

　　　　倪俊明　　吴二持

潮汕文库·研究系列

饒宗頤絕句選注

饒宗頤 著

陳偉 注

暨南大学出版社
JINAN UNIVERSITY PRESS

中国·广州

图书在版编目（CIP）数据

饶宗颐绝句选注/饶宗颐著；陈伟注 . —广州：暨南大学出版社，2016.8
（潮汕文库 . 研究系列）
ISBN 978 – 7 – 5668 – 1542 – 2

Ⅰ . ①饶…　Ⅱ . ①陈…　Ⅲ . ①绝句—诗集—中国—当代　Ⅳ . ①I227.7

中国版本图书馆 CIP 数据核字（2015）第 158086 号

饶宗颐绝句选注
RAOZONGYI JUEJU XUANZHU
饶宗颐 **著** 陈 伟 **注**

出 版 人：徐义雄
项目统筹：黄圣英
责任编辑：焦　婕　张　艳　薛业婷
责任校对：胡　芸
责任印制：汤慧君　王雅琪

出版发行：暨南大学出版社（510630）
电　　话：总编室（8620）85221601
　　　　　营销部（8620）85225284　85228291　85228292（邮购）
传　　真：（8620）85221583（办公室）　85223774（营销部）
网　　址：http：//www.jnupress.com　http：//press.jnu.edu.cn
排　　版：广州市天河星辰文化发展部照排中心
印　　刷：深圳市新联美术印刷有限公司
开　　本：787mm×1092mm　1/16
印　　张：11.75
字　　数：232 千
版　　次：2016 年 8 月第 1 版
印　　次：2016 年 8 月第 1 次
定　　价：32.00 元

（暨大版图书如有印装质量问题，请与出版社总编室联系调换）

总　序

潮汕文化历千年久远，底蕴渊深，泱泱广袤，又伴随着潮人的迁播而兼收并蓄，独树一帜，是中华文明中的重要一脉。

秦汉之前，潮汕囿于海角一隅，与中原殆少来往；自韩愈治潮，兴学重教，风气日开，人文渐著。宋朝文教兴盛，前七贤垂范乡邦；明朝人才辈出，后八贤称显于时。明清以来，粤东地区借毗邻大海的地理优势，与域外商贸频仍，以陶朱端木之业，成中西交汇之势，造就多元开放的文化格局。饶宗颐等学界巨匠引领风骚，李嘉诚等商海翘楚造福民生，俊采星驰，郁郁称盛。

而今国家稳步发展，蓬勃兴盛，潮汕地区凭借深厚的历史积淀，务实进取，努力发展传统文化及其产业，如潮剧、潮乐、潮菜、工夫茶、陶瓷、木雕、刺绣等，保持并革新精巧特色，在世界各地广泛传播，备受青睐。更有海外潮人遍布全球，为经济文化交流引桥导路，探索共赢模式，拓宽发展空间。

为促进潮汕文化的传承与创新，进一步推动潮汕文化"走出去"，在广东省委宣传部的大力支持下，海内外学者编写《潮汕文库》大型丛书。本丛书包括文献系列和研究系列，涉及历史、文学、方言、民俗、曲艺、建筑、工艺美术等多方面，囊括影印、笺注、点校、碑铭、图文集、口述史等多种形式，始终秉承整理、抢救传统文化的原则，尊重潮汕地区的家学渊源和治学传统。以一腔丹心，在历史沿袭中为文化存证，修旧如旧，求新而不媚俗于新；以一笔质朴，在字斟句酌中为品质立言，就事论事，求全而不迷失于全；以一纸恳切，在纷扰喧嚣中为细节加冕，群策群力，求深而不盲目于深。惟愿以此丛书，提升潮汕文化品位，凝聚海内外潮人，齐心发展，助力腾飞。

在成书过程中，广东省委宣传部高度重视，协调汕头、潮州、揭阳、汕尾市委宣传部，委托潮汕历史文化研究中心、韩山师范学院、暨南大学出版社组织编写与出版。海内外潮学研究专家倾注笔墨，潮汕历史文献收藏机构及热心人士鼎力襄助，更蒙粤东籍一批著名艺术家慷慨捐赠宝贵书画作品助力出版，在此一并致谢！

《潮汕文库》大型丛书编委会

2016 年 7 月

序

陈君名伟，字渺之，粤东才士，雅擅声诗，与余为忘年交。近以饶公选堂之绝句选注告成，嘱余引喤，辞之弗允，姑妄言之。

清末同光体诗家陈衍力驳宋人严羽"诗有别才，非关学也"之说："余甚疑之，以为六义既设，风、雅、颂之体代作，赋、比、兴之用兼陈，朝章国政，治乱贤不肖，以至山川风土草木鸟兽虫鱼，无弗知也，无弗能言也。素未尝学问，猥曰'吾有别才也'，能之乎？……故余曰，诗也者，有别才而有关学者也。少陵、昌黎，其庶几乎！"（《瘿庵诗序》）所编《近代诗钞》，以为程恩泽、祁隽藻、何绍基、郑珍、曾国藩"诸公率以开元、天宝、元和、元祐诸大家为职志，不规规于王文简（士禛）之标举神韵，沈文悫（德潜）之主持温柔敦厚，盖合学人诗人之诗二而一之也"。钱公仲联屡明斯旨，言有清一代经学昌明，古文学（朴学）与今文学（公羊学）继汉学之轨先后复兴，学风影响诗风，自顾亭林、王船山、朱竹垞乃至龚定庵、郑子尹、康南海、沈乙庵皆为名学者兼诗人，学风与诗风浑然一体（《梦苕庵论集·清代学风和诗风的关系》）。又论清代之词，"词人之主盟坛坫或以词雄者，多为学人。朱彝尊、张惠言、周济、龚自珍、陈澧、谭献、刘熙载、俞樾、李慈铭、王闿运、沈曾植、文廷式、曹元忠、张尔田、王国维，其尤著也。盖清贤惩明人空疏不学之敝，昌明实学，迈越唐宋，诗家称学人之诗与诗人之诗合，词家亦学人之词与词人之词合"。"词至于清，生机犹盛，发展未穷，光芒犹足以烛霄，而非如持一代有一代文学论者所断言宋词之莫能继也"。（《梦苕庵诗文集·全清词序》）陈钱二公持论如是，余观夫民国期间现代诗词，如柳贻徵、黄侃、马一浮、陈寅恪、胡先骕、刘永济、夏承焘、缪钺、钱仲联诸多大家名手之作，亦无不上承古学之源流，熔经铸史，博丽沉雄，学人之诗与诗人之诗、学人之词与词人之词皆二而一之，华夏民族数千年高贵之人文精神与夫高雅之审美情趣水乳浑融，堪垂典范。饶公选堂为二十世纪学苑岿然独在之鸿儒，治天地四方之学，茫无际涯，出其余绪以为诗词，博奥一如其学。而大陆自鼎革以来，尽废儒书，诗教久绝；益以十年劫火，乔木摧残，国学迄今已同荒漠。上庠授诗学者，每每不通故典，不知格律，郢书燕说，隔雾窥花；民间诗词社团所谓"复兴"，则瓦釜雷鸣，黄钟阒响，略有浮才者即以诗人自命。饶公诗词若使彼辈一观，吾料其拻舌不能下，孰知宗庙之美、百官之富乎！

　　陈君卒业于潮州韩山师院，供职饶公学术馆，年甫弱冠，诗词已斐然可观。尝步韩昌黎《南山》五古百韵以寿饶公，字字精思，力能扛鼎，颇得饶公称赏。近十年间，君博涉群经，流连子史，不懈于进，非限于诗艺一途，学富才超，同辈青年中罕有伦比者。君勤于笔耕，著有《岭东二十世纪诗词述评》，与赵君松元及余合著《选堂诗词论稿》，皆已付梓行世；今又选饶公绝句百数十章细加笺注，以饷艺林。笺注原为吾国正宗之学术，四库典籍，多有学人作注，诗若少陵一集，千家疏释，万本流传。古贤勿论，钱公仲联即当代笺注大师，遍注鲍明远、韩昌黎、李长吉、陆放翁、钱牧斋、吴梅村、沈乙庵、黄公度之诗，兼及刘后村词，名山事业，千秋不朽。钱公逝矣，为往圣继绝学，陈君其有意乎！饶公之诗有千余首，五七古与律绝各体兼备，而绝句占全部诗作百分之五十以上，大多神韵悠然，意境超妙。陈君择其尤佳者作注，每章皆释其用典，穷究本源；笺则明其作意，深识法度，饶公之诗心诗艺，俾读者历历可知，昭昭可鉴，洵可谓独探骊珠，光华朗耀矣。而选堂尚有五七言古体与律诗，其中鸿篇巨制，万典森罗，君当骋勇攻坚，尽开宝藏，斯则为功之伟，尤胜于今，可预卜也。雄关既克，无往不利，纵观二十世纪学人之诗词，无不可笺可注，阐其潜德幽光。庖丁解牛，神乎其技，他日提刀四顾于天地之间，舍君其谁哉！

　　余与潮州颇结胜缘，十余年间八度来游，多识学苑诗坛之俊杰。宾筵酬酢，君列席其间，屡以诗篇索和，联章叠韵，鏖战不休，余未甘畏避，勉与周旋，然英气迫人，知君志不在小也。君春秋方盛，余则饱历星霜，垂垂老矣，弘扬大雅，宜寄厚望于君，选堂绝句之注，乃云程发轫耳。曾子云"士不可以不弘毅，任重而道远"，阿伟勉乎哉！

　　是为序。

公元二〇一二年十一月上浣，壬辰晚秋

古皖岳西啸云楼主刘梦芙撰于淝滨

目 录

1

饶宗颐绝句选注

目录

3

《瑶山集》

（选六首）

1944年夏至1945年秋，广西蒙山、瑶山

自序

　　去夏桂林告警，予西奔蒙山，其冬敌复陷蒙，遂乃窜迹荒村。托微命于芦中，类寄食于漂渚。曾两度入大瑶山，攀十丈之天藤，观百围之檵木，霏霏承宇之云，凄凄慕类之麇，正则小山所嗟叹慄栗者，时或遘之。以东西南北之人，践块轧芃汸之境。干戈未息，忧患方滋。其殆天意，遣我奔逃，俾雕镂以宣其所不得已。烈烈秋日，发发飘风，卑枝野宿，即同彭衙，裹饭趁墟，时杂峒獠。逢野父之泥饮，值朋旧而倾心。区脱暮警，寒柝宵鸣，感序抚时，辄成短咏。录而存之，都为一卷。今者重光河岳，一洗兵尘，此戋戋者，皆危苦之词，宜捐弃而勿道；然而他乡行役，诚不可忘，烧烛竹窗，如温旧梦，敝帚自珍，亦何妨焉。

一九四五年乙酉重阳　饶宗颐识于北流山围

九日[①]杂诗

（五首选二）

中酒[②]枯肠亦吐芒[③]，高秋坐惜去堂堂[④]。
江山不负劳人意，又放颓阳[⑤]到野塘。

[①]九日：指农历九月初九重阳节。唐·李白《九日龙山饮》诗："九日龙山饮。"

②中酒：南朝·梁·萧统《文选·左思〈吴都赋〉》："中酒而作。"吕向注："中酒，为半酣也。"

③芒：即芒角，棱角，指人之锋芒或锐气。宋·苏轼《郭祥正家醉画竹石壁上郭作诗为谢且遗古铜剑》诗："枯肠得酒芒角出。"

④堂堂：公然。唐·薛能《春日使府寓怀二首》诗："青春背我堂堂去。"

⑤颓阳：落日。南朝·宋·谢瞻《王抚军庚西阳集别时为豫章太守庚被征还东》诗："颓阳照通津。"

【笺】

1944 年，抗日战争已进行到最为艰苦的阶段，饶公避难于广西蒙山、瑶山之中，历尽艰辛，该时期的诗作后来编成《瑶山集》，被誉为"抗战文学的强音"。《九日杂诗》共五首，这是第一首。

此诗抒写了"劳人"的流离之痛，但作者并没有直接说破，而是以含蓄之笔娓娓道出。首句化用苏轼的"枯肠得酒芒角出"，写在流离避难中，暂且得以借酒一吐胸中的郁积。"枯肠"一指身体的饥饿，二指精神的痛苦，而这醉酒的枯肠居然能够"吐芒"，"芒"在此不是指光芒，而是指芒角，借指一种不屈不挠的战斗精神，句子虽然是化用苏轼的，但精神却是属于抗战那个时代的，属于饶公的，所以诗意也被赋予了新的内涵。第二句是写在战火纷飞的年代，一代人的青春就这样白白地被浪费掉，只能在深秋的季节，徒然坐惜时光流逝。首句一扬，次句一抑，一张一弛，都是议论之言，如果再继续议论，就很难出彩了，所以在诗的后半，饶公用了一幅景象来作结：先由第三句作转折，说江山还是没有辜负"我"这个劳人的，为什么这么说呢？第四句便有了答案，原来，眼前的野塘又被放入一轮落日，景色陡增凄美，让人不由得想起李商隐的名句"夕阳无限好，只是近黄昏"，诗意蕴藉，韵味悠长。此外，在这句诗中，"放"字的使用非常巧妙，它起到"双关"的作用，既指夕阳被放到了野塘景中，又暗示夕阳好像也如人一样，是被"流放"的，这是诗眼之所在。用"颓阳到野塘"这样一幅凄美的景象来作结，诗人那一腔悲壮的情感，便无声地融化在这片景象之中，这比直接用一百个议论句还有力量。诗就是如此，必须有兴象，才能感人。再反过来品味第三句"江山不负劳人意"，这份苦中作乐的达观精神，便是饶公不断向上的生命力之所在。

峡里轻雷①晚自哀②，干戈③忧患镇④相催。
人间未废登高例，且插茱萸归去来。⑤

①轻雷：指涛声。唐·杜甫《白帝》诗："高江急峡雷霆斗。"此喻战乱。

②自哀：宋·陆游《十一月四日风雨大作》诗："僵卧孤村不自哀。"

③干戈：指战争，战乱。宋·文天祥《过零丁洋》诗："干戈寥落四周星。"

④镇：犹常，长久。唐·李世民《咏烛》诗："镇下千行泪，非是为思人。"

⑤"人间"二句：旧俗于重阳节，以绛囊盛茱萸，登高山，饮菊花酒，谓可以避邪免灾。南朝·梁·吴均《续齐谐记》："汝南桓景随费长房游学累年。长房谓曰：'九月九日汝家当有灾，宜急去，令家人各作绛囊，盛茱萸以系臂，登高饮菊花酒，此祸可除。'景如言，齐家登山。夕还，见鸡犬牛羊一时暴死。长房闻之，曰：'此可以代矣。'今世人每至九月九日登高饮酒，妇人带茱萸囊，因此也。"晋·陶潜《归去来兮辞》："归去来兮，田园将芜胡不归？"唐·王维《九月九日忆山东兄弟》诗："遥知兄弟登高处，遍插茱萸少一人。"

【笺】

此诗为《九日杂诗》的第四首，时饶公避乱于大藤峡中。前半写身困于山峡之中，觉干戈忧患逼人而来，很是悲哀。后半则紧扣重阳节的风俗，言虽身处战乱之中，仍未废重阳登高的古例，且插上一枝茱萸，等待有朝一日能够重回故乡。这里用王维"遥知兄弟登高处，遍插茱萸少一人"的诗意来写盼望还乡的心情。"归去来"用陶渊明《归去来兮辞》之语，其中的"去来"是偏义复词，强调的是"来"，所谓"归去来"即"归来"。而饶公此时是归不来的，所以"归去来"在此只是表达一种愿望而已。然而，就是这样的愿望也能体现饶公的乐观精神，相信战火终有一天会消弭，故乡总能重返。

秋怀

（三首选二）

破碎河山揽一围，①极天②零雨③只霏微④。
坐怜壮士秋风里，九月天寒未授衣。⑤

①"破碎"句：谓山河破碎，只剩一围可揽之地。双手合抱谓一围。

②极天：满天，到处。明·屠隆《彩毫记》："极天戎马。"

③零雨：慢而细之雨。《诗·豳风·东山》："我来自东，零雨其濛。"《东山》诗写周公东征三年，战胜归来的复杂心情，饶公此处有意借用"零雨"意象，写战乱行役之苦。

④霏微：飘洒貌。南朝·梁·何逊《七召·神仙》："雨散漫以霑服，云霏微而袭宇。"

⑤"九月"句：《诗·豳风·七月》："九月授衣。"《毛传》："九月霜始降，妇功成，可以授冬衣矣。"

【笺】

此首前半写当时抗战的局势已呈岌岌可危之势，山河破碎，只剩一围之地尚未沦陷。第二句用《诗经·东山》中周公东征的典故，从文字表面上看是在写景，而"零雨"这个意象早在先秦时期就跟战争息息相关了，如今更是"极天零雨"，情况更为糟糕，"霏微"则指弥漫得无处不在，仅此二字便把这场战争的惨烈、持久和艰难烘托出来。后半笔锋一转，用了《诗经·七月》中的典故"九月授衣"，表达对前方战士衣不御寒，在物质条件极端艰苦的环境下仍坚持战斗的同情和关心。而"坐怜"二字则是饶公感情的聚焦之点，明知战士的苦状，而自己却是一点忙也帮不上，只能坐而怜之，有心无力，这才是诗人内心最痛苦之处。

万缕秋光付野烟，不从野望①始茫然。
神京②梦里劳西顾，③念乱心如下濑船④。

①野望：在野外远望。唐·杜甫有《野望》诗。
②神京：帝都。唐·张大安《奉和别越王》诗："佳气积神京。"
③"神京"句：此句暗用唐·李白《与史郎中钦听黄鹤楼上吹笛》诗："西望长安不见家。"又《诗·大雅·皇矣》："乃眷西顾。"郑玄笺："乃眷然运视西顾。"指周人眷顾自己的宗国。
④下濑船：行于浅水急流中的平底快船。汉·班固《汉书·武帝纪》："甲为下濑将军。"颜师古注引臣瓒曰："濑，湍也。吴越谓之濑，中国谓之碛。《伍子胥书》有下濑船。"

【笺】

这是《秋怀》中的第三首，抒发了诗人对国土沦陷的悲愤之情。前半从"野望"入手，写所望之景象皆是山河沦陷，眼前的"万缕秋光"只能付之"野烟"，连个人影都没有，这让人想起曹操《蒿里行》里的两句诗："白骨露于野，千里无鸡鸣。"而诗人不是因为"野望"才"茫然"，而是一直都非常茫然，因此伤心又更深了一层。后半的"神京"言当时国都南京已沦陷，对此诗人连做梦也念念不忘。最后以比喻作结：用"下濑船"来比喻自己的念乱之心，将内心的焦急悲愤表达得更为生动。至此，一个牵挂着国家安危的爱国诗人形象便跃然纸上，使人读之亦皆有愤懑焦虑之感。

黄村①

劫馀草树有创痕②，乱石临江似马屯③。
云自无心波自远，④一帆初日过黄村。⑤

①黄村：今广西省蒙山县黄村镇。
②创痕：伤痕。晋·陈寿《三国志·周泰传》："权自行酒到泰前，命泰解衣，权手自指其创痕，问以所起。"
③马屯：马聚集貌。唐·杜甫《龙门镇》诗："胡马屯成皋。"
④"云自"句：唐·白居易《白云泉》诗："云自无心水自闲。"
⑤"一帆"句：宋·陆游《黄州》诗："一帆寒日过黄州。"清·傅平治《早发》诗："宿雨一帆收，初日破潮出。"

【笺】

此诗作于抗战胜利之初，诗人久经乱离，终于盼来胜利的消息，愉快欣悦的心情溢于言表。首句写草树历劫之后，犹余创伤之痕迹，让人感觉对战争仍心有余悸。第二句言临江的乱石犹如马聚集一般，景象雄奇，让人精神也为之一振，开始转入后半的轻松愉快。所以第三句宕开一笔，云自无心，则随兴飘荡，去来无滞；波自远，则一泻千里，自在奔流。连用了两个"自"，自由自在、不再拘束的心灵已被放飞，使人心情不由得随之一同轻快起来。而诗人则在这行云流水之间，乘着一帆轻舟，载着一轮初日来到黄村。末句化自陆游，而把"寒日"换成"初日"，意象立刻发生变化，寒日是伤感的，初日则是向上的、充满生机的。一寒一初，就是两位诗人不同心境的表现，这就是古典诗学里的所谓"缘情设色"。而一轮初日随舟而来亦表明了随着战争的结束和胜利的到来，希望也紧随而至，一切无不使人欣喜振发。

九月三日①

举杯同祝中兴日，甲午②而来恨始平。
一事令人堪莞尔③，楼船兼作受降城。④

①九月三日：1945 年 9 月 3 日。1945 年 8 月 15 日正午，日本天皇向全国广播了接受《波茨坦公告》、实行无条件投降的诏书。21 日，今井武夫飞抵芷江请降。9 月 2 日上午 9 时，在停泊于东京湾的美国战列舰密苏里号上举行了日本向同盟国投降的签字仪式。日本新任外相重光葵代表日本天皇和政府、陆军参谋长梅津美治郎代表帝国大本营在投降书上签字。9 月 9 日上午，中国战区受降仪式在南京原中央军校大礼堂举行。

②甲午：指中日甲午战争。这是 19 世纪末日本侵略中国和朝鲜的战争。它以 1894 年 7 月 25 日丰岛海战的爆发为开端，到 1895 年 4 月 17 日《马关条约》签字结束。按中国干支纪年，时年为甲午年，故称甲午战争。这场战争以中国失败告终，清政府被迫与日本签订了丧权辱国的《马关条约》，给中华民族带来了空前严重的民族危机，大大加深了中国社会半殖民地化的程度。

③莞尔：微笑貌。《论语·阳货》："夫子莞尔而笑曰：'割鸡焉用牛刀！'"

④"楼船"句：指 1945 年 9 月 2 日上午 9 时，在停泊于东京湾的美国战列舰密苏里号上举行的日本向同盟国投降的签字仪式。

【笺】

1945 年 8 月 15 日，日本宣布无条件投降，中国的抗日战争取得伟大胜利，9 月 3 日，饶公写下此诗，以示欣喜之情。前半写自甲午中日战争以来，中国备受日本的欺辱侵略，到今天抗战胜利，大家举杯同祝中国中兴，至此才解被日本侵略之恨。后半聚焦于日本投降的一个片段：有一件事最使人莞尔而笑，那就是日本终于在美国战列舰密苏里号上签字投降。这是一个伟大的历史时刻，值得国人永远铭记。饶公用他有如照相机一般的诗笔，为我们记录了这样一个重大的历史事件，堪称"诗史"。

《鲲岛欸乃》

（选二首）

1947 年，台湾

登天路①

路在日月潭左，共三百六十级，上有文武庙，风景幽绝。

升阶距跃真三百②，怀远题诗到上头。
谁管人间鱼烂局③，白云脚下但悠悠。

①登天路：日月潭北边山麓，有磴道上山，共 365 级，俗称"走一年"。山上有文武庙，庙内供奉多位圣贤与神仙，济济一堂，居中为孔子，此外有文昌帝君、关公、神农大帝、三官大帝、元始天尊，乃至魁星、城隍、土地公、海龙王等。在山门前远眺潭景，若披展图画，绕岸皆山，云水四合。

②距跃真三百：战国·鲁·左丘明《左传·僖公二十八年》："魏犨伤于胸。公欲杀之，而爱其材。使问，且视之。病，将杀之。魏犨束胸见使者，曰：'以君之灵，不有宁也？'距跃三百，曲踊三百。乃舍之。"后用以谓欢欣之极。

③鱼烂：鱼烂自内而发。比喻因内部腐败而自取灭亡。战国·齐·公羊高《公羊传·僖公十九年》："梁亡，此未有伐者。其言梁亡何？自亡也。其自亡奈何？鱼烂而亡也。"何休注："鱼烂从内发，故云尔。"鱼烂局，即鱼烂的局势。

【笺】

1947 年饶公为纂写《潮州志》赴台湾调查移台的潮人史事，期间游日月潭，此诗即作于是时。诗由登天路而始，恍如置身天上，但诗人并没有朝游仙一路写下去，而是表达了一种始终关怀人间的情怀。首句用了《左传》的典故来写登天路时的雀跃心情，而三百之数，正合登天路 365 级山道之数。第二句写已跻身巅顶，正好怀远题诗。而诗人所怀为何？所题又是什么？诗的后半，就是对这问题的回答：人间战乱频仍，已成鱼烂之局，狂澜难挽，谁又能管得了呢？而今身登于天路之顶，但见脚下白云悠悠来去，让人暂时忘却人间的混乱。言外之意，是诗人对时局的无能为力和失望。

涵碧楼^① 夜宿

方丈蓬莱^②在眼前，回波漾碧浩无边。
东流白日西流月，^③扶我珠楼自在眠。^④

①涵碧楼：位于日月潭西北小半岛上，三面向潭，四面凌空。倚楼眺望，日月潭的山光岚影，尽收眼底。涵碧楼昔日为蒋介石的避暑行馆。

②方丈蓬莱：传说中的海外仙山。汉·司马迁《史记·封禅书》："自威、宣、燕昭使人入海求蓬莱、方丈、瀛洲。此三神山者，其传在渤海中。"

③"东流"句：汉·蔡琰《胡笳十八拍》："日东月西兮徒相望。"

④"扶我"句：宋·姜夔《平甫见招不欲往》诗："人生难得秋前雨，乞我虚堂自在眠。"

【笺】

此首写夜宿日月潭涵碧楼，诗人陶醉于山水之中，写得很是飘逸潇洒。首句赞日月潭为仙境，第二句注重写其湖水之浩渺。一议一景，先营造一个对日月潭整体的感觉。然后第三、四句才转到对"夜宿"的描写。夜宿以诗人的"自在眠"为"主"，而以日月为"宾"，又紧扣日月潭之名，宾、主之间以一"扶"字关联，这种衬托手法是最能产生诗意的。以日月扶"我"上珠楼自在而眠，此兴象之雄奇，已经有太白的味道了。元好问有一首词《骤雨打新荷》，最后几句是这样写的："人生百年有几，念良辰美景，休放虚过。穷通前定，何用苦张罗。命友邀宾玩赏，对芳樽浅酌低歌。且酩酊，任他两轮日月，来往如梭。"同样以日月作托，只是"任他"显得油滑，反而不如饶公的"扶我"来得动人。

《西海集》上

（选十首）

1956 年，法国、意大利

罗马圆剧场（Colosseo）^① 废址

（五首选一）

欲谱无愁果有愁，北齐歌吹亦温柔。^②

白杨风起多冤鬼，^③掷尽头颅可自由。

①罗马圆剧场（Colosseo）：饶公自注："圆剧场为罗马人娱乐游戏之所，纪元72年，俘犹太人三万驱使建筑，历八载始成，可容观众八万人。地下藏猛兽，供与勇士角斗。及时，斗者鱼贯入场，行近皇帝座前肃立，言曰：'敬礼恺撒皇帝，将死之人，向汝敬礼'。（Ave, Caesar Imperator, morituri te Salutant.）有时驱奴隶罪犯异教徒与猛兽格斗，致死者尤多。如是表演亘六百年，死者逾五十万。后改角斗场，为畋猎区，Titus 帝于此戏杀野兽九千，Trajan 帝竟戏杀至一万一千只。自260年波斯王 Sapor 攻入叙利亚及小亚细亚，罗马皇帝 Velerian 被俘，波斯王用之作上马磴，旋剥其皮悬之神庙。至285年，罗马遂分四帝，继之异族入侵，终至崩溃。"

②"北齐"句：李商隐有诗《无愁果有愁曲》，讽咏北齐后主高纬。高纬之荒淫残暴完全不亚于罗马诸帝，他"尝出见群厉，尽杀之。或杀人，剥面皮而视之"。又大兴土木，极尽骄奢淫逸之能事，以至于"劳费亿计，人牛死者，不可胜纪"。而这样一个魔王竟然还有一个嗜好："盛为无愁之曲，帝自弹胡琵琶而唱之，侍和之者以百数，人间谓之无愁天子。"高纬自鸣得意，以为无愁，但作孽无数，天必谴之，不久即为北周所灭，沦为俘虏。后李商隐咏北齐事，自制《无愁果有愁曲》，即针对高纬为"无愁之曲"，荒淫残暴，终致亡国，故于"无愁"之后加上"果有愁"以讽刺之。参见唐·李延寿《北史·齐本纪下·第八》。

③"白杨"句：中国旧俗，于坟墓上多种白杨。李商隐《无愁果有愁曲》诗："白杨别屋鬼迷人。"

【笺】

饶公飙轮所至，五洲历其四，都是古代诗人展齿所未尝到者。饶公于异域游历中，每每以中国之典写外国之事，中西融会贯通，自出心裁，为诗国别开一境。此诗便是"以中国之典写外国之事"的典型。

罗马圆剧场（即罗马斗兽场，原名弗莱文圆形剧场）本是罗马皇帝观赏角斗的场所。角斗以奴隶与野兽拼杀，非常残忍。饶公此诗以北齐后主高纬这个以杀人为乐的暴君来比喻罗马诸帝，以示谴责，并对奴隶寄予深切的同情。前半用高纬典故，写暴君的温柔歌吹是以杀人无数为代价的，所以必受惩罚，本来欲谱无愁之曲，最后却变成有愁。后半言为满足暴君的淫乐，无数奴隶都惨死变成冤鬼，他们只有抛尽头颅才能获得自由，命运何其悲惨！末句力重千钧，悲溢山河，诗至于此，可谓触目惊心，令人不忍卒读。

饶公此诗借用东方暴君之典来写西方暴君，由悲悯死于暴政下的罗马人民，进而扩大到对中国，乃至全人类不幸者之悲悯。正因其采用了"以中国之典写外国之事"的手法，使联想空间扩大，时空交融，悲情升华。

Pompei①

（四首选二）

荒草卧残甃②，大风发深省。
曾是洗凝脂③，壁上衣裳冷④。

①Pompei：意大利庞贝。饶公自注："Pompei 在公元前80年，为罗马殖民地，公元79年城为火山所掩毁。"
②残甃：残井。汉·许慎《说文解字》："甃，井壁也。从瓦，秋声。"
③凝脂：凝固的油脂。常用以形容女子洁白柔润的肌肤。《诗·卫风·硕人》："手如柔荑，肤如凝脂。"
④衣裳冷：唐·杜甫《游龙门奉先寺》诗："云卧衣裳冷。"

【笺】

此首写庞贝饱经沧桑。首句点明其残破。次句以"大风发深省"来表达诗人处在此历史遗迹中的感悟。后半就是深省的内容：壁画中的美人，曾经肤若凝脂，而如今经历了无数风霜的洗磨，早已不复当年的风采，表达了对岁月变迁非人力可及的慨叹及对人世无常的不胜唏嘘。

观世叹如史，吊古岂异今。

林中谢山鬼①，许我一沉吟。

①山鬼：山中的女神。战国·楚·屈原有《山鬼》篇。

【笺】

此诗由庞贝城的兴衰而起怀古伤今之情。庞贝原为罗马殖民地，后来被火山所毁。人力终究是不能胜天的，而现代以科技为万能、以破坏环境为代价取得的所谓"发展"，必将受到自然的惩罚，也许比古代的庞贝毁于火山还要严重。首句言诗人因此而深感忧患，"观世叹如史"，人类的愚昧行为总是在不断重复，从来不懂得吸取教训。第二句点明吊古的同时，更是伤今。第三句"请出"山鬼来，因为自然已遭受巨大的破坏，山鬼也许快没有栖居之地了，"谢"有谢罪、道歉之意，饶公是想代全人类向山鬼道歉。末句以"许我一沉吟"作结，沉郁深痛。此诗虽只短短二十字，但其眼界宏宽，感情深挚，正是王国维所说的"俨有释迦、基督担荷人类罪恶之意"。

Frosinone 村庄①

绣得平原绿欲流，有山如髻②水如油。

蓼花枫叶疑相识，尽道殊乡③足少留④。

①Frosinone 村庄：佛罗西诺内，饶公自注："Frosinone 小城，为罗马至 Naples 必经之孔道。"

②髻：在头顶或脑后盘成各种形状的发髻。亦喻指山峰。宋·苏轼《送张天觉得山字》诗："晴空浮五髻，晻霭卿云间。"

③殊乡：异乡，他乡。晋·王嘉《拾遗记·轩辕黄帝》："帝乘云龙而游，殊乡绝域，至今望而祭焉。"

④少留：暂留，稍留。战国·楚·屈原《楚辞·离骚》："欲少留此灵琐兮，日忽忽其将暮。"

【笺】

此诗前半从大处着笔，写 Frosinone 村庄的总体风光。首句的"平原绿欲流"，写出一片生机勃勃的田野春色，"绣"字更是异想天开，顿生诗意。第二

句以"有山如髻水如油"，继续勾勒村庄的景色。后半不再写大景，而是落到小小的"蓼花枫叶"之上："蓼花枫叶"好像老相识似的，都跟"我"说这里虽然是异乡，但请再留一会儿吧，委婉深致地表达了诗人对这个村庄的依依不舍之情。用拟人的手法以小见大，与前半的写景大小结合，更是张弛有度、相得益彰。

自疏铃铎（Sorrento）① 遵地中海南岸策蹇② 晚行

（四首选三）

海角犹名是地中，惊涛如此去无踪。
淄渑③胸次浑难辨，不用安禅制毒龙。④

①疏铃铎（Sorrento）：饶公自注："Sorrento 在 Pompei 地下城之南，面海背山，风景独绝。"
②策蹇：骑蹇驴的简称。晋·葛洪《抱朴子·金丹》："何异策蹇驴而追迅风。"
③淄渑：淄水和渑水的合称。两水皆在今山东省。相传两水味道各有不同，混合之则难以辨别。《吕氏春秋·精谕》："孔子曰：'淄渑之合者，易牙尝而知之。'"
④"不用"句：唐·王维《过香积寺》诗："安禅制毒龙。"《涅槃经》："但我住处，有一毒龙，其性暴急，恐相危害。"赵殿成注："毒龙宜作妄心譬喻。"

【笺】

此为游地中海沿岸之作。首句言地中海已是天涯海角，还名曰地中，由它的名字写起。第二句写地中海烟波浩渺，惊涛无踪，由此而引出第三句的"淄渑胸次浑难辨"，正是阴阳未分之际、吉凶未现之时，混混沌沌，保此先天，此心即佛，不必待制服毒龙，始能安禅。也就是说如果能做到胸次混沌，心中连毒龙都没有，也就不必再安禅了。这是饶公即景而生的悟道之语。

唾月推烟百里抛，①征车独自念劳劳②。
天风吹发泠然善，③容我孤篷钓六鳌④。

①"唾月"句：唐·李商隐《无愁果有愁曲》诗："推烟唾月抛千里。"
②劳劳：辛劳，忙碌。唐·元稹《送东川马逢侍御使回十韵》诗："人世各劳劳。"
③"天风"句：宋·姜夔《偶题》诗："天风吹发夜泠泠。"《庄子·逍遥游》："夫列子

御风，泠然善也。"郭象注："泠然，轻妙之貌。"

④钓六鳌：《列子·汤问》："（渤海之东有五山）而五山之根无所连箸，常随潮波上下往还，不得蹔峙焉。仙圣毒之，诉之于帝。帝恐流于西极，失群仙圣之居，乃命禺强使巨鳌十五举首而戴之。迭为三番，六万岁一交焉。五山始峙而不动。而龙伯之国有大人，举足不盈数步，而暨五山之所，一钓而连六鳌，合负而趣归其国，灼其骨以数焉。于是岱舆、员峤二山流于北极，沉于大海，仙圣之播迁者巨亿计。"后遂以"钓鳌"喻抱负远大或举止豪迈。唐·李白《悲清秋赋》诗："思钓鳌于沧洲。"

【笺】

此首前半写旅途的辛劳，后半突然振起，"天风吹发"将前面的疲惫一扫而尽，诗人由此而突发奇想，想学传说中的龙伯国大人，稳坐"孤篷钓六鳌"。情绪由压抑而变为雄奇，在创作上，采取的是欲扬先抑的手法。而诗的一、三句基本是化用李商隐和姜夔的成句，饶公在组织前人成句方面，自有他的一套手法。

姜夔《偶题》诗："阿八宫中酒未醒，天风吹发夜泠泠。归来只怕扶桑暖，赤脚横骑太乙鲸。"饶公此诗不但用姜诗句子，整首诗气格也似之。

匹马秋风对逝波，飘零骨相①惜蹉跎。
暮云袅袅②涵空绿，时有翔鸥掠面过。

①骨相：人之骨骼、形体、相貌。古人以骨相论人之命运。唐·韩愈《韶州留别张端公使君》诗："自叹虞翻骨相屯。"
②袅袅：烟云缭绕上升貌。宋·苏轼《青牛岭高绝处有小寺，人迹罕到》诗："炉烟袅袅十里香。"

【笺】

此首写行旅之中的漂泊感受。首句以"匹马秋风"来对"逝波"，让人想起"子在川上曰：'逝者如斯夫，不舍昼夜'"，写出了对时光流逝的无可奈何之感。因此很自然地引出第二句，点出身世飘零、功业蹉跎的人生悲慨。在诗的后半，诗人停止了议论，而是描绘了一幅景象："暮云袅袅"，缭绕于水天交绿之际，偶尔可见"翔鸥"掠面飞过，让读者心随翔鸥去体验上述的"逝波""飘零""蹉跎"，从而获得一种更为具体形象的感觉，使诗血肉丰满，而不只停留在干巴巴的抽象概念上。让形象自己说话，这是中国诗的兴象手法。像饶公此诗的后半，不着一字，尽得风流，这是王士禛神韵派的写法。

沙波宫（Chateau de Chambord）① 听古乐

绛宫②近在水桥西，缺月③微茫众草低。
遥想沙丘④方猎罢，隔江尽唱白铜鞮⑤。

①沙波宫（Chateau de Chambord）：饶公自注："宫在 Boulague 森林中，去罗亚河岸数里而遥。1519 年法兰西斯第一所建。王嗜畋猎，为靡靡之乐，厥后亨利第三、路易十三、十四均游宴于此。莫里哀（Moliere）所作名剧《布尔乔亚绅士》（Bourgeois Gentilhomme）即于 1670 年 10 月在此宫中首次演出。"

②绛宫：传说中神仙所住的宫殿。唐·裴漼《奉和御制平胡》诗："神兵出绛宫。"此借指沙波宫。

③缺月：不圆之月。唐·杜甫《宿凿石浦》诗："缺月殊未生。"王洙注："缺，残也。"

④沙丘：古地名。在今河北省广宗县西北大平台。相传殷纣在此广筑苑台，作酒池肉林，淫乐通宵。此借指法王畋猎游宴之地。

⑤白铜鞮：梁朝曲牌名，唐·魏征《隋书》："梁武帝之在雍镇，有童谣云：'襄阳白铜蹄，反缚扬州儿。'识者言：'白铜蹄，谓金蹄，为马也；白，金色也。'及义师之兴，实以铁骑，扬州之士皆面缚，果如谣言。故即位之后，更造新声。帝自为之词三曲，又令沈约为三曲，以被弦管。"后人改"蹄"为"鞮"，未详其义。

【笺】

饶公游沙波宫时天色已晚，首句点出其地理环境，次句继续对环境进行渲染。后半才转入"听古乐"的主题。沙丘原是纣王"酒池肉林"的所在地，用此典来写供法王淫乐的沙波宫，既贴切又暗含贬责。"白铜鞮"为梁朝曲牌名，后常指帝王的淫乐之曲，如唐人李涉《汉上偶题》诗："今日汉江烟树尽，更无人唱白铜鞮。"饶公此处用"白铜鞮"之典，实是暗讽法王淫乐无度，颇具春秋笔法。"尽唱"兼有唱之人数众多与唱之时间长久两层意思，使讽刺更具力度。此题原有二首，第二首有句曰："犬马纷纷实苑台，百年风雨只蒿莱。"将此讽刺之意表达得更为直观，可互相参证。此诗的最大特色是用中国的典故来写法国的沙波宫，却一点也不觉得有隔膜，因为饶公对中西历史都很熟稔，所用的典故都能恰到好处，简直像是量身定做的一样。

凡尔赛①归途作

山花葱倩②土膏③肥，万木森森④欲合围。
返照⑤分明开一境⑥，喜无杜宇⑦劝人归。

①凡尔赛：法国巴黎的卫星城，伊夫林省省会，曾为法兰西王朝行政中心，位于巴黎西南15公里处。

②葱倩：草木青翠而茂盛。南朝·齐·谢朓《和伏武昌登孙权故城》诗："声明且葱倩。"

③土膏：肥沃的土地。汉·班固《汉书·东方朔传》："故酆镐之间号为土膏，其贾亩一金。"

④森森：树木繁密貌。晋·潘岳《怀旧赋》："柏森森以攒植。"

⑤返照：唐·韩鄂《四时纂要》："日西落，光返照于东，谓之返影。"

⑥一境：一种境界。宋·释道原《景德传灯录·南岳怀让禅师》："是以三谛一境，法身之理常清。"

⑦杜宇：杜鹃鸟。唐·白敏中《成都记》："杜宇又曰杜主，自天而降，称望帝……后望帝死，其魂化鸟……名曰杜鹃。"宋·王安石《杂咏绝句》诗："月明闻杜宇。"

【笺】

此诗是饶公纪游诗的代表作。行旅异国他乡，最易触动游子思乡的情怀，这类诗历来是中国诗大宗，往往都以悲情动人取胜。但两千年来陈陈相因，有新意的作品并不多，现在再来写这类"客怀"，如果没有赋予其新的意境，是很难再和古人争胜的。比如李白的"浮云游子意，落日故人情"已经是绝唱了，所以今人确实很难下笔。但饶公此诗却能写出新的意境，能于古人之外，再开出"向上一路"。诗的前半以景物作铺垫，用花倩土肥、万木森森来概括凡尔赛归途的优美景色，然后第三、四句用议论来说理。同样写落日，李商隐是"夕阳无限好，只是近黄昏"，充满依依不舍的悲情；王维是"返景入深林，复照青苔上"，展现出一种禅意的静修；饶公却说落日分明开出了另一个明净静穆的境界。在此境界里，诗人充分地享受着异域的优美风光，已然没有了传统客子思归的旧调，因此很欣喜还没有杜鹃啼叫劝人归去。杜宇为古蜀帝，相传化为杜鹃鸟，后遂称杜鹃为杜宇，俗称其叫声为"不如归去"，古人常用以表达催归之意，如柳永《安公子》词："听杜宇声声，劝人不如归去。"饶公此诗反用其意而曰"喜无杜宇劝人归"，一反客子怀归的陈调，充满达观精神，是饶公所谓为诗国开出"向上一路"的佳作。后来饶公热衷于"形上诗""形上词"的创作，这类作品是他诗词中比较独特的一个部分。

录诗竟自题一绝①

风霜正与炼朱颜②，异域山川剪取还。③
看击鲲鹏三万里，④可无咳唾⑤落人间。

①1956 年饶公游法国、意大利，沿途有诗纪之，归后整理成《西海集》，因作是诗自题。

②朱颜：红润美好的容颜。南唐·李煜《虞美人》词："雕栏玉砌应犹在，只是朱颜改。"

③"异域"句：宋·王安石《题画》诗："异域山川能断取。"唐·杜甫《戏题王宰画山水图歌》诗："焉得并州快剪刀，剪取吴淞半江水。"

④"看击"句：《庄子·逍遥游》："北冥有鱼，其名为鲲。……化而为鸟，其名为鹏。……'鹏之徙于南冥也，水击三千里，抟扶摇而上者九万里……'"

⑤咳唾：《庄子·渔父》："窃待于下风，幸闻咳唾之音以卒相丘也。"后以"咳唾"称美诗文。唐·李白《妾薄命》诗："咳唾落九天，随风生珠玉。"

【笺】

此首为饶公在整理 1956 年游法国、意大利所写诗作之后的题辞，是对这段快游的总结。首句言以风霜来炼朱颜，刚健达观，这是饶公一贯的风格。第二句是对这些纪游诗所写内容的总结，以诗为刀，将异域江山之美剪取而归，此句取自王安石的"异域山川能断取"，将"断取"换成"剪取"，更富情致。近人曾习经《题杨昀谷西樵山居吟卷》诗有句曰"割得山光入诗卷，归装应向陆郎夸"，亦近此意。饶公的诗作在描绘异域江山方面，确实很有独到之处，从"剪取"这个比喻也可见饶公是很得意的。后半继续用比喻来写：自比为《庄子》中的鲲鹏，一击三万里，如此壮游，怎可无诗纪之，而"我"的这些诗作，就犹如鲲鹏的咳唾一样，偶尔有点滴落到人间。这个比喻，自视也是相当高的，可见饶公对自己的这些诗作，是相当满意的。

《西海集》中

（选三首）

1958 年，意大利

威尼斯海傍茶座

（三首选一）

恍对故人栏外柳，直参元气①水中天。
此身暂置浮云外，且办清茶晚饭前。

①元气：汉·班固《汉书·律历志》："太极元气，函三为一。"颜师古注引孟康曰："元气始起于子，未分之时，天地人混合为一，故子数独一。"

【笺】

《西海集》是饶公两度游历欧洲诗作的汇集，此首为 1958 年二度游欧经意大利威尼斯时所作。诗写得格高气逸。前两句是一副对联，句式采用倒装的手法。其实际的意思为：对——栏外柳——（亦即）恍对——故人，参——水中天——（便可）直参——元气。这种颠倒语序、打破正常搭配的倒装手法是古典诗词所特有的。《诗人玉屑》卷六记载王仲题试馆绝句"日斜奏罢长杨赋，闲拂尘埃看画墙"，王安石很赞赏，替他改成"日斜奏赋长杨罢"，并认为"诗家语，如此乃健"。饶公这两句，也是很好的"诗家语"。第三句继前两句之逸气，一路逼空，诗笔宕得更远，已将"此身"置于浮云之外。前三句所写之景，由"栏外柳"到"水中天"再到"浮云外"，愈来愈远。到了第四句，却突然勒住意马，回到眼前的一杯清茶，四两拨千斤，戛然顿住，而含不尽之逸致于言外。如此腾挪变化，用在一首绝句上，这种写法是比较罕见的。唯其笔力能胜任，故可如此变化。所以读饶公的诗，要读出其潜气的流转，如果光从字面上去读"且办清茶晚饭前"这样貌似平淡的句子，是很难读出其佳处的。

水城① 初泛，用杨诚斋② 韵

（四首选二）

越巷穿桥水浸天，去来不陆不川间。
有城如此堪名水，无地容渠③更着山。

①水城：指威尼斯。
②杨诚斋：杨万里（1127—1206），字廷秀，号诚斋。吉州吉水（今江西省吉水县）人。
南宋著名诗人，与陆游、范成大、尤袤并称"中兴四大家"。著有《诚斋集》一百三十三卷。
③容渠：让它。渠，代词，相当于它，此指威尼斯。

【笺】

此首从总体上描绘威尼斯。首句写威尼斯整座城市建于水上，越巷穿桥经过
条条水道。第二句写威尼斯的陆地与水域交相错杂，很难分清哪是陆哪是川。由
此引出第三句的感叹，说有城如此，确实堪称"水城"。第四句再突发奇想，从
侧面来烘托：因为水太多了，所以没有地方容它再放座山了。山水，山水，无地
着山，那就只剩下水了。此诗通篇从一个"水"字着笔，紧紧地扣住了"水城"
之题。

直港横汊后复前，水乡小憩自翛然①。
不随趁客鸥争粒，却爱催诗雨拍肩。

①翛然：无拘无束、超脱貌。《庄子·大宗师》："翛然而往，翛然而来而已矣。"

【笺】

此首写泛舟威尼斯的闲适之情。前半写泛舟的总体环境，是属于大氛围的渲
染，"翛然"二字点出全诗的精神。后半写了两个细节，进一步加深了这种"翛
然"的感觉。其节奏应如此：不随——趁客鸥——争粒，却爱——催诗雨——拍
肩。"趁客鸥""催诗雨"各应看作一个整体，"趁客"是用来形容鸥，"催诗"
是用来形容雨，是作为鸥和雨的定语。如果省略句子成分的话，可以省略为"不
随鸥争粒，却爱雨拍肩"。

《佛国集》

（选十三首）

1963 年，印度、东南亚

自序

一九六三年秋，读书天竺，归途漫游锡兰、缅甸、高棉、暹罗两阅月，山川风土，多法显、玄奘、义净所未经历者，皆足荡胸襟而抒志气。鸿爪所至，间发吟咏，以和东坡七古为多；盖纵笔所之，行乎所不得不行，止乎所不得不止，迈往之情，不期与玉局翁为近。间附注语，用资考证；非敢谓密于学，但期拓于境，冀为诗界指出向上一路，以新天下耳目，工拙非所计耳。游践所及，别有行记，绝壤殊风，妙穷津会，非此所详云。

五代马裔孙佞佛，抄撮内典，相形于歌咏，谓之《法喜集》。又纂诸经要言为《佛国记》，见《旧五代史》一百二十七，窃显师书名。兹则僭易之，改称《佛国集》。

一九六五年圣诞前一日　饶宗颐识，时客巴黎

印度洋机中作[①]

色相[②]空中许我参，试将金翅[③]与图南[④]。
日灯禅炬[⑤]堪回向[⑥]，坐觉[⑦]秋云起夕岚[⑧]。

[①]饶公 1963 年秋应班达伽东方研究所之邀前往印度作学术研究，归途游锡兰、缅甸、高棉（柬埔寨）、暹罗（泰国）两月，沿途得诗，结为《佛国集》。此为乘飞机过印度洋时

所作。

②色相：佛教将人或物一时呈现之形式，称为色相。《华严经》："诸色相海，无边显现。"

③金翅：金翅大鹏雕，又称迦楼罗鸟，系印度神话之鸟，为印度教毗湿奴神所跨乘。于佛教中，为八部众之一，翅翮金色，两翼广三三六万里，住于须弥山下层。据《长阿含经》卷十九载，此鸟有卵生、胎生、湿生、化生四种，常取卵、胎、湿、化之诸龙为食。

④图南：《庄子·逍遥游》："北冥有鱼，其名为鲲。……化而为鸟，其名为鹏。……背负青天而莫之夭阏者，而后乃今将图南。"此处以鹏喻飞机。

⑤日灯禅炬：南朝·陈·徐陵《东阳双林寺傅大士碑》："我有慧日明炬，如风宝车，济是沉身，能升彼岸。"

⑥回向：佛教语。谓回转自己的功德，趋向众生和佛果。南朝·陈·徐陵《东阳双林寺傅大士碑》："俱识还源，并知回向。"

⑦坐觉：唐·杜审言《送崔融》诗："坐觉烟尘扫。"

⑧夕岚：日暮山中的雾气。唐·王维《崔濮阳兄季重前山兴》诗："夕岚飞鸟还。"

【笺】

此首写坐飞机飞越印度洋的感受，题材是现代的、新颖的，内容却主要以佛道语来写。首句由乘飞机于空中而想到《心经》中的"色不异空，空不异色。色即是空，空即是色"，在空中来参"色空"之禅。第二句将飞机比喻成《庄子》中图南的大鹏，这是道家的典故。第三句由飞机中看到窗外的太阳，因而将其比作禅炬，"回向"亦有回头之意，佛家讲究回头是岸，反观自性，才能见性成佛。在这样充满禅意解悟的时空中，欣赏这天际的秋云在落日中慢慢拥起夕岚。最后将禅理消融在物色之中，让读者自己去体会何为"色即是空"。

康海里（Kanheri）古窟①

（二首选一）

日午点灯可得看，荆林古碣②草漫漫。
扶篱摸壁③真无谓，踏断江声到晚寒。④

①康海里（Kanheri）古窟：石窟寺院，位于孟买北部，为西印度最大的佛教寺庙之一。建于2—8世纪，由109座石窟组成，每座石窟都有许多佛像雕刻保存下来。

②古碣：古石碑。宋·苏轼《楼观》诗："门前古碣卧斜阳。"

③扶篱摸壁：禅林用语。原意谓手扶围墙，作探摸墙壁之势，犹如黑夜寻物之状。在禅林中，转指凡夫以思虑分别，来臆测佛之境界。宋·圆悟克勤《碧岩录》："扶篱摸壁，挨门傍户。衲僧有什么用处？守株待兔。"

④"踏断"句：化自宋·释普度《送文上人游台荡》诗："江声一夜催行色，踏断石桥方始休。"

【笺】

此诗写游印度孟买康海里寺庙古窟。因身处石窟之中，光线很弱，故首句即言虽是在中午游览，也须借灯才能看得到窟中的景物。次句写石窟中的古碑刻已掩盖在荆林蔓草之中。后半写诗人在古窟中，艰难地扶篱摸壁而行，不知道自己为何来此，只是不知不觉已到了古窟的尽头，一条河流绕着古窟而过，行者仿佛踏断了江声，天寒日暮，游子何之？诗人并没有说得很清楚，只是把他当时最直接的感觉告诉读者，剩下的就留给读者自己去体味。这是典型的点到为止，而不说白说绝。

恒河①口乞食如昔，书以志慨

人情尽说了生死，乞食何因叩鬼门。
菜色②两行连彼岸，情根难断况愁根。

①恒河：位于印度北部，是南亚的一条主要河流。自远古以来一直是印度教徒的圣河。
②菜色：指饥民营养不良的脸色。汉·戴圣编纂《礼记·王制》："虽有凶旱水溢，民无菜色。"郑玄注："菜色，食菜之色。民无食菜之饥色。"

【笺】

饶公此次印度之行，沿途考察印度文化，在诗中也有所体现。这首就是饶公经过恒河河口的时候，看到岸边的印度人乞食为生，这在印度有古老的传统。饶公有感而发，写下此诗。前半问了一个问题：大家都说能了断生死，那为何乞食还依旧徘徊在鬼门关门口？这个问题显然是无法回答的。而饶公看到的却是恒河边上满是菜色的饥民，连饭都吃不饱，还谈什么彼岸，因此饶公发出了感慨：连情根都难断，何况是愁根。言外之意，饶公对印度人的这种修行方式是不太认同的。

印度人这种以苦为乐的修行方式是与其文化传统有关的。饶公在《佛教圣地：Banāras》一文中写道："记得一九六三年，我去印度旅行，从 Agra 南下到佛教圣地 Banāras，刚下飞机，步进会客室，一条光管上围绕着成千成万的蚊虫，旅舍房间都设下二三重防虫密丝网。我的天！这是二十世纪，如果回到佛陀的时代，不知是怎样的一个世界，真是不可想象。僧人是不容许杀生的，耆那教徒还要赤裸一丝不挂，他们的戒律，连蜜糖也不准吃，因为蜜就是蜂的生命。在禅窟里打坐，简直是把躯体奉献给昆虫蚊蚋的牺牲品，这样的苦行，代价之大，普通人如何受得了！由于印度吠陀经的 Tapas 宇宙理论，深入人心。Tapas 是热，为一切创生、进化的原动力，亦兼训苦行，印人的高度宗教热诚和笃信苦行的行为导源于此。加上轮回说牢不可破的信仰（最先出现于 Brhadananyada《奥义书》）为婆罗门、耆那、佛教的共同思想基础，形成后来崇拜湿婆（Siva）高度的苦行文化。人们深入森林生活，自愿受到饥饿、寒热、风雨种种的折磨，极端的自我虐待，以换取绝对解脱，沉溺而不返；以极苦谋取极乐，不惜任何牺牲自我摧残，这种心理要求，我认为还是功利的，而不是道德的。"（饶宗颐：《文化之旅》，沈阳：辽宁教育出版社 1998 年版，第 9 页）这段话可以帮助我们理解饶公这首诗的文化背景。

阿育王①窣堵波②下作

婆罗③谜碣④忍摩挲⑤，佛国⑥沧桑感独多。
我亦持篮求一卖，⑦秋风晓日渡恒河。

①阿育王：梵语译名，或译作阿输迦，意为无忧王。为古印度名王旃陀罗笈多之孙、宾头沙罗之子，初奉婆罗门教，后皈依佛教，崇佛教为国教。颁布许多以佛教治国的敕令，刻在山岩或石柱上，并派人到国外传教，对以后佛教的发展有很大影响。

②窣堵波：桑奇窣堵波是古代佛教特有的建筑类型之一，主要用于供奉和安置佛祖及圣僧的遗骨（舍利）、经文和法物，外形是一座圆家的样子，也可以称作佛塔。公元前 3 世纪时流行于印度孔雀王朝，是当时重要的建筑。

③婆罗：印度古代宗教名。相传约于公元前 7 世纪形成，以崇奉婆罗贺摩而得名。唐·魏征《隋书·南蛮传·赤土》："其俗敬佛，尤重婆罗门。"

④谜碣：如谜一般的石碑。

⑤摩挲：抚摸。汉·刘熙等《释名·释姿容》："摩娑，犹末杀也，手上下之言也。"南朝·宋·范晔《后汉书·方术传下·蓟子训》："后人复于长安东霸城见之，与一老公共摩挲铜人。"

⑥佛国：此指印度。

⑦"我亦"句：饶公自注："方密之药地和尚自言：'我乃持破竹篮向鬼门关求卖耳。'"方密之即方以智，明亡后削发为僧，称"药地和尚"。

【笺】

饶公于 1963 年受印度班达伽东方研究所之邀，前往印度从事考察研究。此首题为"阿育王窣堵波下作"，实际是此行的宣言。前半言徘徊于窣堵波下，摩挲着婆罗谜碣，而生发出对佛国沧桑的感慨。后半用药地和尚的典故，说此行也如"持破竹篮向鬼门关求卖"，在秋风晓日中渡过恒河。这当然是饶公故作诡谲之言，那他的真正目的是什么呢？后来他回忆这段经历时曾说："我通过旅行与生活来了解印度，不只限于文献上的材料。比如说我在恒河口，看见排着长队、穿着破毯一样的衣服乞食的印度人，都面带菜色，我就很感慨。我毕竟是中国人的立场，从中国人的立场看去，印度人没有正常人的生活，都是病态者。人们说佛家的戒律很严，我看婆罗门的戒律更严，有两个印度研究人员陪我们，很糟糕的是吃饭用手去搅，把油和米搅和，只吃很少的一点菜，抓着吃，他们睡觉时必须回到庙里去，绝不许在外面过夜的。法显、玄奘都说印度好，他们是站在佛教的立场上，排斥外道，他们不能了解印度本位文化。我是一个历史学家，我两边都不偏袒，我当时有一首诗讲'我到天竺非求法'，这正是我的身份。"（饶宗颐述，胡晓明、李瑞明整理：《饶宗颐学述》，杭州：浙江人民出版社 2000 年版，第 56～57 页）这段话正可以与上诗互证。

饶公的诗与此相关的还有两首，一为《恒河口乞食如昔，书以志慨》（见前文）；一为《余初来南印，由孟买飞临麦德利斯（Madras），旋自新德里复经此赴锡兰。迨适缅甸，又由哥伦坡历此往加尔各答，凡三临此都。昔无为子以王事而从方外之乐。余何人斯，游于方内，而寄情无始，其为神趣，岂山水而已哉。因次东坡送杨杰原韵，以志余衷》："三巡海峤以送日，面与秋山相竞赤。黝肤娇女映芙渠，譬操白蟹配丹橘。已把龙宫吞八九，浅倾溟海当杯酒。不怕漂流耶婆提，长风天半屡招手。便从竖亥步太虚，胸如夏屋但渠渠。尽道孤游生情叹，西风无用忆鲈鱼。我到天竺非求法，由来雕鹫谁堪敌。且循石窟诵楞严，一庇南荒未归客。"

泰姬陵①

（二首）

雄心剩欲寄温柔，②倾国③生来有底愁。
竟逐名花憔悴损，玉钩④残梦冷于秋。

①泰姬陵：坐落于印度亚格拉的朱穆那河岸边，属伊斯兰教建筑，被誉为世界建筑奇迹之一。1648年，莫卧儿帝国第五代皇帝沙贾汗为其爱妻泰姬所建。

②"雄心"句：相传泰姬不仅容貌出众，而且聪明能干，曾协助国王料理朝政，因此沙贾汗对她宠爱备至。1631年沙贾汗带兵征战，泰姬随军伴行，因生第十四个孩子不幸死于途中，时年39岁。临终前，沙贾汗问妻子有何希望与要求，泰姬答道："请陛下为我造一大墓，以纪念我们的爱情。"泰姬亡后，沙贾汗从国内外请来最好的工匠，从外地选来最好的大理石，动用两万余人，开工修建，历时16年之久，耗资五百多万卢比，终于建成这座举世无双的陵墓。墓成之后，沙贾汗常披白衣去陵前献花，瞻墓思人，泪流涔涔。

③倾国：形容绝色美女。汉·班固《汉书·外戚传》李延年歌："北方有佳人，绝世而独立。一顾倾人城，再顾倾人国。宁不知倾城与倾国，佳人难再得。"

④玉钩：喻新月。南朝·宋·鲍照《玩月城西门廨中》诗："玉钩隔琐窗。"

【笺】

此诗首句写皇帝沙贾汗对泰姬的宠爱，同时也是对其儿女情长、英雄气短的惋惜。第二、三句转写泰姬，言其生来即具倾国倾城的美貌，本是无忧无虑的，没想到最后竟如名花一样憔悴而损，诗人对此深表同情。"有底愁"意为有什么愁。"底"表疑问，相当于"什么"。最后则回到当前，只见月如玉钩，恍惚还挂着他们的残梦，闪着阵阵寒光，好像比深秋还要冷。用一句虚实交融的景语来结束，以达到余味不尽之效。

名陵风月异朝昏，眉妩遥山带泪痕。①
莫道霸图今已矣，②御街③坠叶为招魂④。

①"眉妩"句：指遥山如泰姬之眉，似也常带泪痕。汉·刘歆著，东晋·葛洪辑抄《西京杂记》："（卓）文君姣好，眉色如望远山。"其眉一时成为时尚，称为"远山眉"。

②"莫道"句：化自唐·陈子昂《燕昭王》诗："霸图今已矣，驱马复归来。"已矣：完了，逝去。旧题汉·李陵《答苏武书》："陵不难刺心以自明，刎颈以见志。顾国家于我

已矣。”

③御街：京城中皇帝出行的街道。唐·李洞《赠入内供奉僧》诗：“一道蝉声噪御街。”

④招魂：招死者之魂。汉·戴圣编纂《礼记·士丧礼》：“复者一人。”郑玄注：“复者，有司招魂复魄者。”

【笺】

此首第一、二句写泰姬陵景色的早晚变化，遥山依旧如泰姬的妩眉，似乎至今仍带着她的泪痕，景色之凄美不言而喻。第三、四句一转，感叹沙贾汗昔日的雄图霸业早已逝去，只有御街的坠叶，仿佛还在为其招魂。沙贾汗被其子篡夺王位后，被囚于一个古堡中，从此失去自由，愁眉不展，每日坐于红堡走廊上，背对泰姬陵，凝神潜思，忍忧含悲，目视一镜。泰姬陵的姿影正反射于镜面之上。如此了其残生，最后郁郁而死。英雄末路，可悲矣夫。

初抵锡兰①

暂劳微雨洗征尘②，万里波涛一叶身。③
吹暖海风秋似夏，不妨笼袖作骄民④。

①锡兰：南亚次大陆南端印度洋上的岛国，即今斯里兰卡。

②征尘：旅途中所染的灰尘，有劳碌奔波之意。宋·陆游《剑门道中遇微雨》诗：“衣上征尘杂酒痕。”

③“万里”句：唐·李商隐《无题》诗：“万里风波一叶舟。”

④笼袖作骄民：明·陈继儒《太平清话》：“钱塘为宋行都，男女尚妖媚，号笼袖骄民。”笼袖：双手相对伸入两袖中。

【笺】

此诗首句言暂且劳请微雨为“我”洗去旅途的征尘。第二句以万里波涛之阔大来反衬身如一叶的渺小，又隐含了身似风波中的叶子般漂泊之意。第三句言斯里兰卡的气候：斯里兰卡地处热带，即使是秋天，因为有温暖的海风，所以仍似夏天。第四句的“笼袖作骄民”原指南宋的行都钱塘（今杭州）极为富庶，人民生活逸乐，所以号称“笼袖骄民”。饶公此处借用这个典故，实际是有言外之意的，只身万里来到斯里兰卡这样一个不算发达的岛国，怎么能作笼袖骄民呢？我们要跟上面的“万里波涛一叶身”联系起来，才能理解，饶公此时是很有些游子漂泊之感的，所以初抵斯里兰卡，暂得安乐，他便心满意足，认为可以

"不妨笼袖作骄民"了。"不妨"二字，正不可轻易放过。

又作①

（二首）

天上银河未筑桥，②水风人影共萧寥③。
此生合向荒村老，独对孤灯听夜潮。

①饶公初抵锡兰，曾写了一首七律诗《锡兰官舍临湖晚兴》："蛮乡三月倦生涯，莫把山川比永嘉。树密繁阴亏冷月，天长远水入流霞。昏黄人有缠绵意，虚白波生顷刻花。稍欲沉吟同泽畔，微风时与动窗纱。"之后饶公诗兴犹浓，乃又写下这两首七绝，故称《又作》。

②"天上"句：传说牛郎、织女相隔银河，每年七夕则鹊筑成桥，使二人能过河相会。

③萧寥：寂寞冷落。宋·徐铉《题雷公井》诗："萧寥羽客家。"

【笺】

此首为饶公在斯里兰卡的临湖官舍所作。首句用牛郎、织女的典故，言银河犹未筑起鹊桥，则离别之人还不能相会。第二句写在这客途之中，唯有水风和"我"的影子共此寂寥。后半写诗人因倦游而生出终老于此荒村之想，人独灯孤，正是行旅中的游子无法轻易排遣的寂寞，而深夜滚滚潮声更加衬托出游子的寂寥。

诗心①剩共秋争怯，客泪②还同海竞深。
久惯天涯住亦得，涛声偏向耳边侵。

①诗心：作诗之心，诗人之心。宋·王令《庭草》诗："独有诗心在，时时一自哦。"

②客泪：游子思乡之泪。南朝·梁·沈约《晨征听晓鸿》诗："客泪夜沾衣。"

【笺】

此首语言明白如话，更加深前一首的寂寥之感。此首以一副对联开篇，诗心与秋争怯，客泪同海竞深，意悲情切，饶公为诗力主"向上一路"，他的为人也很达观，很少有如此感情弥漫的悲情表现。其实这种诗是更易感人的，即韩愈所谓的"欢愉之句难好，愁苦之言易工"，这是比较传统的写法了。后半再紧扣前一首的"此生合向荒村老",写想在此住下,无奈涛声偏向诗人的耳边侵来,又惹起了他的故国之思。这二首《又作》的后半写法有相似之处,都是第三句写想在此住下,第四句以听潮水之声而引出无限思绪。本来可以只选一首来作代表,但因第二首前两句写得甚是出色,所以不忍弃之,一并录出与读者诸君共赏。

Phnom Bakheng① 道中

漫道②穷山似铁围③,千回百匝④阻将归。
疏林古道秋如许⑤,收拾⑥残阳上客衣⑦。

①Phnom Bakheng:巴肯山,吴哥遗迹群内的一座小山丘,高67米。山丘上有一座吴哥庙宇遗迹,是 Yasovarman I 开始以吴哥通王城附近地区为首都后所建的第一座国庙,亦奠定了后来吴哥建筑的基本格局。饶公自注:"越语 Phnom 为山,此庙建于山巅,俯视千里,自基至顶共七层,四周建塔凡一百八,今多倾圮。视其一方,塔之为数悉三十三,论者因谓即仿苏迷卢规制,Filliozat 教授说。"

②漫道:莫说,不要讲。唐·王昌龄《送裴图南》诗:"漫道闺中飞破镜。"

③铁围:即铁围山,佛教语。佛教认为南赡部洲等四大部洲之外,有铁围山,周匝如轮,故名。前蜀·贯休《还举人歌行卷》诗:"厚于铁围山上铁,薄于双成仙体缬。"宋·陈善《扪虱新话》:"佛书说有四天下……此四天下之外,乃有大铁围山、小铁围山围焉,是谓一世界。"参阅《法苑珠林》卷四。

④匝:环绕。北魏·郦道元《水经注·河水》:"水匝隍堑,于城东北合为一渎。"

⑤如许:如此,这样。《乐府诗集·孟珠》诗:"蒲荫如许长。"

⑥收拾:犹领略。宋·文天祥《〈孙容庵甲稿〉序》:"求其领略江山,收拾风月。"

⑦客衣:客行者的衣着。唐·高适《使青夷军入居庸》诗:"不知边地别,只讶客衣单。"

【笺】

此首前半写身处千回百匝的穷山之中而不得归。后半苦中作乐,面对如此疏林古道,尽情领略残阳照上客衣的风光。末句写法类似丘逢甲《鲇江秋意》诗:"西风一夜芦花雪,鲇浦秋痕上客裳。"只是将"秋痕"换成"残阳"。

自李商隐的名句"夕阳无限好,只是近黄昏"一出,"夕阳"这个意象已经被定位成一种悲情的象征,很少有人能跳出此窠臼。饶公的诗词中有很多"夕阳"的意象,但都与悲情无关,而是非常达观向上的。此首之外,另如《Garcès湖》:"暖风待客殷勤甚,满载秋阳上坦途。"《地中海晚眺》:"夕阳譬回甘,余味正缠绵。"《题画绝句》:"领略黄昏情味好,春风摇曳水深围。"《蕙兰芳引·影》词:"看夕照西斜,林隙照人更绿。"《黄鹂绕碧树》词:"堪爱是薄薄斜阳,暖上重衣生煦。"有此胸襟气度,无怪乎饶公晚岁如倒食甘蔗,渐入佳境。诗为心声,可卜泰否,孰曰不然。

Angkor 城① 杂题

(四首选二)

寂寥宫殿日西斜,尽道芜城是帝家。②
蔓草难图③人去后,一藤终古接天涯。④

①Angkor 城:吴哥,柬埔寨的古都,是闻名于世的高棉文化古迹,也是世界著名的佛教建筑群。考古学家把它与中国的长城、埃及的金字塔和印度尼西亚的婆罗浮屠并称为"东方四大奇迹"。1992 年被列为世界文化遗产。

②"尽道"句:唐·李商隐《隋宫》诗:"欲取芜城作帝家。"芜城:荒芜破落的城市。南朝·宋·鲍照有《芜城赋》,此借指吴哥。帝家:京都。亦用以指皇宫。

③蔓草难图:战国·鲁·左丘明《左传·隐公元年》:"不如早为之所,无使滋蔓,蔓,难图也。蔓草犹不可除,况君之宠弟乎?"蔓草:蔓延生长的草。蔓生的草难于彻底铲除,比喻恶势力一经滋长,就难以消灭。

④"一藤"句:饶公自注:"残甃老树,露根藤蔓,有长数里者。"终古:久远。战国·楚·屈原《楚辞·离骚》:"怀朕情而不发兮,余焉能忍而与此终古。"

【笺】

此诗前半写昔日的帝都吴哥如今只剩下残殿寂寥地立于夕照之中。第三句用《左传》"蔓草难图"的典故,暗讽吴哥衰败的原因是人治的不善。如今只剩下一藤长亘数里,终古与天涯相接,又回到了眼前颓败的现实景象之中。蔓草与长藤虚实相生,古今对接,生出了深沉的历史感慨。

杏梁①依旧晚鸦啼,燕子重来啄井泥②。
谁道星移③惊世换,坏墙秋草与人齐。

①杏梁:文杏木所制的屋梁,言其屋宇的高贵。汉·司马相如《长门赋》:"刻木兰以为椽兮,饰文杏以为梁。"

②井泥：井水干涸，露出泥土，暗示人去井枯的衰败之意。《易·井》："象曰：井泥不食，下也。旧井无禽，时舍也。"

③星移：星辰移动。形容时序和世事的变化。唐·王勃《滕王阁》诗："物换星移几度秋。"

【笺】

此首纯用白描，写吴哥的衰落。用晚鸦啼杏梁、燕子啄井泥、坏墙齐秋草三种意象勾勒出一幅吴哥残劫图。饶公的吊古悲情则寄托在"依旧""重来""惊"这几个词中。

金边湖①

南来频食金边鱼，红树满江②画不如。
待梦西江浣肠胃，③微波乱叶落寒墟。④

①金边湖：东南亚最大的淡水湖，又称洞里萨湖。位于中南半岛东南部，柬埔寨西部。通过洞里萨河同湄公河相连。

②红树满江：清·王士祯《真州绝句》诗："半江红树卖鲈鱼。"

③"待梦"句：宋·欧阳修《新五代史·王仁裕传》："其少也，尝梦剖其肠胃，以西江水涤之，顾见江中沙石皆为篆籀之文，由是文思益进。"

④"微波"句：唐·李洞《鄠郊山舍题赵处士林亭》诗："乱叶落寒墟。"

【笺】

此诗写游柬埔寨的金边湖。首句先由金边鱼写起，未见其湖，先闻其名，此之谓造势。第二句写亲临金边湖，但见"红树满江"，比画还有意境。第三句由湖水而想到五代王仁裕曾梦见用西江水洗涤肠胃，由是文思大进。饶公也想借助金边湖的清波来激发文思。末句用一幅景来结束，以"微波乱叶"与第二句的"红树满江"前后照应。末句取自唐人李洞的成句，只添了"微波"二字。

《黑湖集》

（选十五首）

1966 年，瑞士

自序

一九六六年八月，戴密微教授招游 Cervin，在瑞士流连一周。山色湖光，奔进笔底，沿途得绝句卅余首。友人以为诗格在半山白石之间，爰录存之，藉纪游踪。戴老为译成法文，播诸同好，雅意尤可感也。

饶宗颐记

Mont-la-ville[①]

一上高丘百不同，山腰犬吠水声中。[②]
葡萄叶湿枝头雨，苜蓿[③]花开露脚[④]风。

①Mont-la-ville：位于瑞士沃州区莫尔日的蒙拉维尔乡镇。
②"山腰"句：唐·李白《访戴天山道士不遇》诗："犬吠水声中。"
③苜蓿：汉·刘歆《西京杂记》："乐游苑自生玫瑰树，树下多苜蓿。苜蓿一名怀风，时人或谓之光风。风在其间，常萧萧然。日照其花，有光采，故名苜蓿为怀风。"
④露脚：唐·李贺《李凭箜篌引》诗："露脚斜飞湿寒兔。"

【笺】

此诗为饶公游瑞士途中之作。首句颇有孔子"登东山而小鲁，登泰山而小天下"的气概，赵松元先生曾用其作论饶公哲理诗论文的标题，谓读饶公的诗，也常有"一上高丘百不同"的感觉。第二句由闻"山腰犬吠"，引出山中人家，然后才有后半对山家葡萄、苜蓿的描写，诗人的愉快之情溢于言表。后半体物甚工，学的是杜甫"穿花蛱蝶深深见，点水蜻蜓款款飞"一路，描写细腻而又生动活泼。葡萄叶上缀着小雨珠，苜蓿花在露脚风下悄然开放，这都是大自然中极为细微的变化，也是最平常不过的景象，大多数人对此是视而不见的，如果没有一颗善感的心和一种天人合一的境界，是无法发现这种美，写不出这样的诗句的。

自 Evian① 经 Léman② 湖中瞻眺

（二首选一）

涕柳③垂堤绿正繁，看山一路落平原。
片帆安稳④西风里，领略湖阴⑤顷刻温。

①Evian：依云镇，位于法国阿尔卑斯山脉，盛产矿泉水。
②Léman：莱蒙湖，又称日内瓦湖，为法国和瑞士共同拥有。
③涕柳：饶公自注："涕柳二字用法文 Saule pleureur。"
④片帆安稳：南朝·宋·刘义庆《世说新语·排调》："顾长康作殷荆州佐，请假还东。尔时例不给布帆，顾苦求之，乃得。发至破冢，遭风大败。作笺与殷云：'地名破冢，真破冢而出，行人安稳，布帆无恙。'"
⑤湖阴：南朝·宋·谢惠连《西陵遇风献康乐》诗："分袂澄湖阴。"

【笺】
此诗从依云镇到莱蒙湖一路写来。前半状沿途的风光，一路绿柳垂堤，地势也从山地来到平原。一个"落"字形象地写出从山地到平原的地形变化。后半言来到莱蒙湖，一路劳顿，突然见到广阔平静的湖面。诗人泛一叶轻舟，平稳地漂流在西风里，领略湖阴这顷刻的温馨，何等舒适。"领略"含有欣赏、享受之意。"温"字更是炼得感情饱满、诗意盎然。

Chillon① 读拜伦② 诗

（三首）

小鼠窥人喈一灯，③坏墙沮洳④是良朋。
剧怜⑤人更微于鼠⑥，想见冰心⑦共泪凝。

①Chillon：夏兰古堡，位于瑞士边境城市蒙特勒附近的日内瓦湖畔，是瑞士最具特色的古城堡，被称为"欧洲最美丽的中世纪城堡之一"。

②拜伦：乔治·戈登·拜伦（1788—1824），19 世纪初期英国伟大的浪漫主义诗人。其代表作品有《恰尔德·哈罗德游记》《唐璜》等。

③"小鼠"句：宋·秦观《如梦令》词："梦破鼠窥灯。"

④沮洳：指低湿。晋·左思《魏都赋》："隰壤瀒漏而沮洳。"

⑤剧怜：最怜。

⑥人更微于鼠：饶公自注："拜伦 The Prisoner of Chillon 句云：'To tear me from a second home with spiders I had friendship made …Had seen the mice by moonlight play，and why should I feel less than they?'可以人而不如鼠乎？不胜愤懑之情。"

⑦冰心：纯净高洁的心。《宋书·良吏传·陆徽》："冰心与贪流争激，霜情与晚节弥茂。"又唐·王昌龄《芙蓉楼送辛渐》诗："洛阳亲友如相问，一片冰心在玉壶。"

【笺】

此诗写的是饶公一次奇特的阅读经历。瑞士的夏兰古堡，是拜伦曾经住过的地方，约两百年后，饶公在古堡夜读拜伦的诗并深有感触。首句化用秦观的"梦破鼠窥灯"，第二句以沮洳的坏墙为良朋，面壁灯下静读，将古堡的氛围充分烘托出来。后半将拜伦的诗中之鼠与现实之鼠贯串起来，一实一虚。拜伦的诗中有言："我看见老鼠在月光中自由地嬉戏，为什么我还不如它们呢？"这就是饶公"剧怜人更微于鼠"的来历。末句则对拜伦充满同情。此诗以鼠为线索，连接古今，可谓虚实相生，以小见大。

赵松元先生曰："拜伦《锡庸的囚徒》末段述囚徒将要被释放。此处被省略的一句诗是：and watch'd them in their sullen trade。这几句意谓他们将要把我带离我的第二个家（指被长期拘禁的监狱），但是我已经和蜘蛛结成了朋友（可以看着他们结网生活）。我看见月光下老鼠在游戏。为什么我不能像他们一样开心？诗人由拜伦诗歌引发联想，从囚徒之遭际触发出对人类命运的深切关怀。"（赵松元、刘梦芙、陈伟：《选堂诗词论稿》，合肥：黄山书社 2009 年版，第 256 页）

犹余古道照风檐①，隐隐林间上缺蟾②。

珠岫珂岑③残雪霁，晚花带雨落廉纤④。

①风檐：指风中的屋檐。唐·李商隐《二月二日》诗："新滩莫悟游人意，更作风檐雨夜声。"

②缺蟾：犹缺月。宋·范成大《锦亭然烛观海棠》诗："银烛光中万绮霞，醉红堆上缺蟾斜。"

③珠岫珂岑：饶公自注："珂岑见张融《海赋》。"按：南朝·齐·张融《海赋》："琼池玉壑，珠岫珂岑。"

④廉纤：细小，细微。多用以形容微雨。唐·韩愈《晚雨》诗："廉纤晚雨不能晴。"

【笺】

此首全为写景，是绝句中比较奇特的一类。诗人通过对几种物色的描写，构成一幅图画，而其心情则寄托于画面之中，不直接道破，读者只能隐隐约约感受到某种情绪。就如此诗，作者为我们勾勒了一幅图画：在黄昏时分，古道忽现风檐，林间升起缺月，如珠玉般的山峰残雪已霁，落花与细雨纷纷飘坠。而作者的心情如何呢？只能由读者见仁见智，这就是所谓的"诗无达诂"了。

杰阙方壶①峙激流②，佳篇天地必长留。

当年漆室今生白③，漫道人间不自由。

①方壶：传说中神山名，一名方丈。《列子·汤问》："渤海之东，不知几亿万里，有大壑焉……其中有五山焉：一曰岱舆，二曰员峤，三曰方壶，四曰瀛洲，五曰蓬莱。"

②激流：湍急的水流。晋·葛洪《抱朴子·穷达》："兔足因夷涂以骋迅，龙艘泛激流以速效。"

③漆室今生白：《庄子·人间世》："瞻彼阕者，虚室生白，吉祥止止。"

【笺】

首句以传说中的仙山方壶上杰阙峙立于激流之中，来象征拜伦诗歌的卓越成就，很自然地引出下句拜伦的佳篇必长留于天地之间。后半是饶公的即景生情：面对当年拜伦住过的漆室，饶公想到了庄子所说的"虚室生白"。当年的漆室今已生白，不知拜伦如果尚在，还会感慨人间不自由吗？

夕归呈戴老^①

（二首选一）

回风袖里犹飘雪，^②落日峰头似鎏金^③。
行客不如归犬逸，野花偏待美人^④寻。

①戴老：指戴密微（Paul Demiéville，1894—1979），法国著名汉学家，敦煌学重要学者，法兰西学院院士。戴密微学识渊博，治学严谨，兴趣广泛，在中国哲学，尤其是佛教、道教、敦煌学、语言学、中国古典文学等方面都有杰出成就，因此在汉学界享有盛誉。他从研究敦煌经卷始，继之及于禅宗、禅意诗、文人诗。尤以评介中国古典诗歌深入细致闻名，使法国的中国文学研究大为发展。著述极为丰富，专著、论文及书评约300余种。与饶公私交甚契，合著有《敦煌曲》和《敦煌白画》。

②"回风"句：唐·杜甫《对雪》诗："急雪舞回风。"

③鎏金：明·张自烈《正字通》："鎏，俗谓之镀金。"

④美人：品德美好的人。《诗·邶风·简兮》："云谁之思，西方美人。"郑玄笺："思周室之贤者。"

【笺】

    饶公此游与戴密微结伴而行，后来戴氏将饶公的《黑湖集》译为法文，足见二人交谊之深。此诗前半以对联开篇，"回风""落日"点出"夕归"主题。后半则点出"呈戴"之意，以归犬之逸反衬行客羁旅之劳，此意饶公在《Mont Tendrec（柔山）山上》亦有类似写法："小犬依人还自得，山花笑我为谁忙。"末句的"美人"沿用屈原的芳草美人之喻，以喻戴老，言如此美景，正有待于贤如戴老者之清赏也。

Gornergrat[1] 峰顶

（二首选一）

雪壑冰厓起异军[2]，山山雾雪了[3]难分。
龙沙[4]便有千堆白，未比兹山一段云[5]。

①Gornergrat：瑞士戈尔内格拉特，为马特洪峰地区的标志性景点，于峰顶可赏马特洪峰、罗萨峰等38座海拔在4000米以上的山峰。

②异军：此言Gornergrat与众不同，奇峰突起。汉·司马迁《史记·项羽本纪》："异军苍头特起。"

③了：完全。晋·葛洪《抱朴子·审举》："假令不能必尽得贤能，要必愈于了不试也。"

④龙沙：南朝·宋·范晔《后汉书·班超传》："坦步葱雪，咫尺龙沙。"注："白龙堆沙漠也。"

⑤一段云：唐·李群玉《同郑相并歌姬小饮戏赠》诗："裙拖六幅湘江水，鬓耸巫山一段云。"

【笺】

此首为雪山即景之作。前半将雪山高耸的群峰比喻成异军突起，先声夺人。而群山雾雪萦绕，难分难解，为后面的议论造势。后半用反垫之法，以龙沙千堆白尚不及此山之一段云，极写雪山之白。

自 Riffelalp[1] 舍车步入林丘

（三首选一）

萦青缭白[2]万峰头，遏日飞柯[3]泻急流。
落叶满山人迹杳，[4]涧泉和雪洗清愁。[5]

①Riffelalp：瑞士里弗尔阿尔卑，位于阿尔卑斯山脉。

②萦青缭白：萦、缭皆环绕之意。青者树林，白者白云、积雪。唐·柳宗元《始得西山宴游记》："萦青缭白，外与天际，四望如一。"

③遏日飞柯：南朝·齐·张融《海赋》："树遏日以飞柯。"

④"落叶"句：唐·韦应物《寄全椒山中道士》诗："落叶满空山，何处寻行迹？"

⑤"涧泉"句:句式化用元·倪瓒《郑所南兰》诗:"泪泉和墨写离骚。"

【笺】

此诗所写为瑞士里弗尔阿尔卑沿途山林之景,而四句皆自前人成句剪裁而来(见上注),可谓无一字无来历。首句言万峰之上,白色的云和雪,与青青的林木交相萦绕,形成一派清丽飘逸的景色。次句言瀑布之水从遮日飞柯的遮掩之中喷泻而下,水势之大、水流之急可想而知。第三句一转,写空山无人,唯余落叶,而诗人也不胜寂寞之感,因而引出末句,欲借和雪的涧泉,来一洗胸中的清愁。

黑湖 (Lac Noir)① 坐对 Cervin②

(四首选一)

湖水清时不见鱼,③飞飞④蛱蝶欲连裾⑤。
山深草浅饶⑥萧瑟,相对一峰问起居⑦。

①黑湖 (Lac Noir):瑞士名湖。

②Cervin:全称为 Mont Cervin,即马特洪峰,是阿尔卑斯山脉中最为著名的山峰。位于瑞士与意大利之间的边境,接近瑞士小镇采马特 (Zermatt) 和意大利小镇 Breuil-Cervinia。

③"湖水"句:汉·班固《汉书·东方朔传》:"水至清则无鱼,人至察则无徒。"

④飞飞:飞行貌。南朝·陈·徐陵《鸳鸯赋》:"飞飞兮海滨,去去兮迎春。"

⑤连裾:犹连袂。南朝·梁·萧子显《南齐书·王融传》:"拂衣者连裾,抽锋者比镞。"又唐·杨炯《长安古意》诗:"独有山南桂花发,飞来飞去袭人裾。"

⑥饶:多。南朝·宋·鲍照《拟古》诗:"海岱饶壮士,蒙泗多宿儒。"

⑦问起居:问安,问好。唐·杜甫《奉送蜀州柏二别驾将中丞命赴江陵,起居卫尚》诗:"起居八座太夫人。"仇兆鳌注:"《后汉书·岑彭传》:大长秋以朔望问太夫人起居。"

【笺】

马特洪峰是欧洲的名山,饶公游黑湖,坐对马特洪峰,正所谓"仁者乐山",这是一个绝好的题目,岂可无诗以志之,饶公一口气写了四首,此为第三首。前半以"兴"起,赋、比、兴是诗词创作中最常用的三种修辞手法,其中又以"兴"为最难,所谓兴者,先言他物,以引起所咏之辞。《文心雕龙·比兴》:"兴者,起也……起情者,依微以拟议。"如饶公此诗,其真正所咏的是坐对马特洪峰,而前半却以两种"他物"来起"兴",而且二"兴"中又有正反,湖清不见鱼是反,蛱蝶欲连裾来与人亲近是正。这样写能够起到曲折回环、更加深刻的效果。此效果都是为了引出第三句的"饶萧瑟",不见鱼而只见蛱蝶,言外之意是人也不可见,所以独处此"山深草浅"之中,感觉很萧瑟,最后才引出了此诗真正的主题——坐对马特洪峰,人都不可见,只剩下这相对的一峰在向"我"问安,则此时此景,唯有青山是"我"的知己了。太白的《独坐敬亭山》诗:"众鸟高飞尽,孤云独去闲。相看两不厌,唯有敬亭山。"辛弃疾的《贺新郎》词:"我见青山多妩媚,料青山见我应如是。"表达的都是这样一种情怀。后来饶公还有一首诗《兰亭三首柬青山翁》有句曰:"登楼四面谁堪语,惟有青山共此心",则把这层意思说得更为直接。

　　饶公曰:"西洋人信神,中国人不信神。在西洋,几乎所有科学家都信神,都信上帝。以为宇宙无穷无尽,银河系以外,还有其他无穷尽之星系。目前科学家虽已能够探知火星上奥秘,但火星之外,还有无量数火星。这一切都是神创造的,即都是上帝创造的。而中国则不同,或者将自己所供奉的祖宗当神明,与天相配,或者干脆声称:人定胜天。颇有些天不怕、地不怕的样子。这是中西文化的差异。在西洋,神的地位,上帝的地位至高无上。所谓天人合一,或神人合一,西洋人以为是不可能的。我在西方,尤其是在法国住过很长时间,前后已去过九次。法国是一个纯粹天主教国家,神的地位非常之高。我不信教,但当我每次走进圣母祠,都觉得人很渺小。西洋没有什么山水诗。欧洲只有一座阿尔卑斯山,其最高峰为 Cervin。有一次,我与戴密微(P. Demiéville)同游,写了许多诗。都为即兴之作,戴氏很佩服。但《黑湖(Lac Noir)坐对 Cervin》其一云:'湖水清时不见鱼,飞飞蛱蝶欲连裾。山深草浅饶萧瑟,相对一峰问起居。'开头两句没什么,后面两句与山峰相对,山峰问我起居情况,戴氏即很惊动。以为了不得,怎么能与青山平起平坐?"(施议对:《为二十一世纪开拓新词境,创造新词体——饶宗颐形上词访谈录》,《文学遗产》1999 年第 5 期)

车中望白牙山(Dent du Midi)①

浊浪滔滔识所归,轮蹄②终日踏晴晖。
开帘雪巘仍招手,为约重来叩翠微。③

①白牙山(Dent du Midi):在瑞士阿尔卑斯山脉,蒙特勒南,高达 10 690 英尺。
②轮蹄:车轮马蹄。唐·韩愈《南内朝贺归呈同官》诗:"涣散驰轮蹄。"
③"开帘"二句:唐·李白《赠秋浦柳少府》诗:"开帘当翠微。"翠微:指青翠掩映的山腰幽深处。

【笺】

此诗写途经白牙山，前半写舟车之旅，在滔滔浊浪中，诗人知道自己要去往哪儿，这就是"识所归"，于是驱车终日奔驰于晴晖之中。后半着重写一个"望"字，这两句化自太白的"开帘当翠微"，将"开帘"配以"雪嶙仍招手"，"翠微"配以"为约重来"相叩问，"雪嶙仍招手"是现实之"望"，"为约重来叩翠微"是未来之"望"，宕开一笔，情味弥深。

Bellerive[①] 公园

（二首）

风吹蒲稗[②]更相依，岸柳深情那忍违[③]。
垂缕[④]和烟千百匝，溪山只恐放人归。[⑤]

①Bellerive：贝勒里夫，是瑞士日内瓦州的一个镇，位于日内瓦市区东北方，莱蒙湖左岸。
②蒲稗：蒲草和稗草。南朝·宋·谢灵运《石壁精舍还湖中》诗："蒲稗相因依。"
③违：《诗·邶风·谷风》："行道迟迟，中心有违。"《毛传》："违，离也。"
④垂缕：如丝缕垂下。宋·徐铉《王三十七自京垂访作此送之》诗："烟生柳岸将垂缕。"
⑤"垂缕"二句：用唐·李德裕《登崖州城作》诗"青山似欲留人住，百匝千遭绕郡城"之意。

【笺】

此首写快游 Bellerive 公园而生依依不舍之情。首句化谢灵运诗意，言蒲稗相依，令人留恋。后三句写岸柳也饱含深情，不忍与"我"离别，因而柳丝低垂；和烟环绕千围百匝，将"我"深围其中，好像就怕放"我"归去一样。诗意化自唐人李德裕之诗，但饶公将青山绕城似欲留人住，换成垂柳和烟缭绕不放人归，还是相当高明的。而且后三句一笔贯底，神气十足，这在绝句的章法中也是比较少见的。宋人郑文宝的名篇《送别》："亭亭画舸系春潭，直到行人酒半酣。不管烟波与风雨，载将离恨过江南。"也是采取了这种章法，近人陈衍在其所选《宋诗精华录》中评曰："按此诗首句一顿，下三句连作一气说，体格独别。唐人中惟太白'越王勾践破吴归'一首，前三句一气连说，末句一扫而空之。此诗异曲同工，善于变化。"

马牙皴法①耸奇峰，墨泽涵波润古松。
欲向山灵②留粉本③，月明来此听楼钟。④

①马牙皴法：中国山水画皴法的一种，为李唐所创。是表现山石、峰峦和树身表皮的脉络纹理的画法。
②山灵：山神。南朝·梁·萧统《文选·班固〈东都赋〉》："山灵护野，属御方神。"李善注："山灵，山神也。"
③粉本：画稿。古人作画，先施粉上样，然后依样落笔，故称画稿为粉本。唐·韩偓《商山道中》诗："却忆往年看粉本，始知名画有工夫。"
④"月明"句：唐·李商隐《题僧壁》诗："若信贝多真实语，三生同听一楼钟。"

【笺】

饶公黑湖之游，一路吟诗作画，留下许多幅山水画。此诗以画家之眼观山水，可谓画家之诗。前半都是在写作画的方法，用马牙皴法来画 Bellerive 公园的奇峰，以淋漓的湿墨来画古松。第三句写画已作成，欲向山灵留此画稿，相约在月明时分，来此共听楼钟声。第四句虽化李商隐句，倒也现成。此诗以画为媒，山灵来享，继承了屈原的浪漫神秘色彩，这是饶公诗得益于楚骚润泽之处。饶公在其《中峤杂咏》中有一首也写到山灵，诗曰："尽日车行万叠山，山灵应是笑吾顽。不烦泉石惊知己，一听潺潺亦解颜。"可与此诗并读。

Mont Tendre（柔山）① 山上

（六首选三）

岚如八大②醉中稿，人似半千③笔下僧。
乱石问谁曾斧劈，故乡时见此丘陵。

①Mont Tendre（柔山）：瑞士山名。
②八大：朱耷（约1626—约1705），原名朱统𨨏。为明江西宁献王朱权九世孙，江西南昌人，著名画家，清初画坛"四僧"之一。明亡为僧，法名传綮，字刃庵，晚号八大山人。擅花鸟、山水，其画笔墨简朴豪放、苍劲率意、淋漓酣畅，构图疏简、奇险，风格雄奇朴茂，山水多写残山剩水，意境荒寂。
③半千：龚半千（1618—1689），名岂贤，又号野遗、柴丈人、昆山人。明末清初著名画家，长期隐居南京清凉山。尝自绘肖像，作扫叶僧，因名寓所为"扫叶楼"。画史上将其列为"金陵八家"之首，诗画皆绝。

【笺】

此首写由看山而起乡思。前半以对联篇，言柔山风景如八大山人醉墨淋漓的画稿，而诗人萧散其间，恍如龚半千笔下自绘的老僧。后半见山上乱石如巨斧所劈，恰似故乡潮州的丘陵，从而引起诗人强烈的思乡之情。身处异乡赏风景而忽起乡思，这种写法古人多有之，如唐人崔颢的《黄鹤楼》诗，在"晴川历历汉阳树，芳草萋萋鹦鹉洲"之后，便引出了他的乡愁："日暮乡关何处是？烟波江上使人愁。"宋人王禹偁《村行》一诗的名句"何事吟余忽惆怅，村桥原树似吾乡"，也是类似的写法。

又饶公诗中所说的"故乡时见此丘陵"，似指潮州的西湖山，西湖山上多巨石如斧削，历代石刻甚多，其中最著名的是南岩和北岩。饶公的父亲饶锷先生对西湖山情有独钟，撰有《西湖山志》，有诗曰："日日振衣湖上来，芒鞋踏破石间苔。夕阳城外烟波暝，犹为寻碑未忍回。"经常亲往踏勘，摹写石刻，少年时饶公常随侍父亲往游西湖山，因而对此处有深厚的感情。在柔山上看到如斧劈的巨石，自然会想起故乡的西湖山和当年与父亲一起游赏的往事。

> 绝顶编篱①石作栏，诸峰回首正漫漫。
> 我来不敢小天下②，山外君看更有山。③

①编篱：编插篱笆。明·陈继儒《山居乐事》："插槿作篱，编茅为亭。"
②小天下：《孟子·尽心上》："孔子登东山而小鲁，登泰山而小天下。"
③"山外"句：宋·林升《题临安邸》诗："山外青山楼外楼。"

【笺】

此首写饶公登上瑞士柔山绝顶的感受。前两句由近及远，由小到大，写立于绝顶的篱笆、石栏边回首眺望，但见群山漫漫，起伏延绵。后半以理语出之。"孔子登东山而小鲁，登泰山而小天下。"站得高看得远，胸怀也为之旷达豪放。正如杜甫年轻时登泰山的名句："会当凌绝顶，一览众山小。"这是大部分人登山凌顶的感受，但饶公却反其道而行之，谦虚地说，虽然现在在柔山绝顶之上，但我却不敢以此而小天下，因为我知道"山外有山"的道理。如此反用，顿出新意。

> 山椒①峻处可题襟②，自是入山恐不深。
> 为谢知音岩下叟，西来只欠一囊琴③。

①山椒：山顶。汉武帝《李夫人赋》："释舆马于山椒兮，奋修夜之不阳。"

②题襟：抒写胸怀。唐时温庭筠、段成式、余知古等人常题诗唱和，有《汉上题襟集》十卷。见宋·欧阳修《新唐书·艺文志四》、宋·计有功《唐诗纪事·段成式》。后遂以"题襟"谓诗文唱和抒怀。

③一囊琴：一张琴。囊：贮琴之囊。

【笺】

饶公此次游瑞士柔山，作陪者是戴密微。戴氏长饶公二十三岁，是饶公的前辈。又因为戴氏在欧洲汉学界的地位崇高，对饶公推崇备至，饶公一直视其为忘年知己。此首即写给戴氏之作。首句言与戴氏题襟山顶，作诗唱和。乃生出第二句的入山不厌其深的感觉。古语云："入山唯恐不深，入林唯恐不密。"后半暗用伯牙、子期之典。伯牙鼓琴，意在高山、流水，唯子期知之。饶公称戴氏为"岩下叟"，就是将其与戴氏的关系喻为伯牙和子期。所以结句云：可惜此次西来没有带琴，不能为君亲抚一曲，以谢知音。

《题画诗》

（选二十五首）

1971 年，新加坡

题画诗

（三十二首选十三）

坐对苍茫始咏诗，①落花逝水梦生姿。
临风自拂鹅溪绢②，添个蜻蜓立片时。③

①"坐对"句：唐·杜甫《乐游园歌晦日贺兰杨长史筵醉中作》诗："独立苍茫自咏诗。"
②鹅溪绢：产于四川省盐亭县鹅溪的绢帛，唐代为贡品，宋人书画尤重之。宋·欧阳修《新唐书·地理志》："陵州仁寿郡，本隆山郡，天宝元年更名。土贡：麸金、鹅溪绢、细葛。"
③"添个"句：宋·杨万里《小池》诗："小荷才露尖尖角，早有蜻蜓立上头。"

【笺】

饶公有《题画诗》三十二首，都押以"诗""姿""时"韵，而各具姿态，如源头活水，澜翻不穷，是他题画之作的精华，以下选其十三首，以尝鼎一脔。

饶公善于化用古人成句入诗，来构建自己的意境。像这首题画诗，其中涉及画面的只有"落花逝水""蜻蜓"两个意象，饶公借助杜甫和杨万里的诗意，来润饰画面中的落花、蜻蜓，使得本来很纤细的两个小景，有了不一样的历史文化内涵。特别是一起一结，"坐对苍茫始咏诗"是一个宏大的背景，"添个蜻蜓立片时"则是一个细致的情景，如此大开大合，也使饶公的诗别具张力。我们随着饶公的诗笔思路，可以纵横驰骋，大到须弥，小到芥子，变化随心，着壁成绘。

耶溪①小艇欲追诗，荷叶荷花十里姿。
若见宓妃②凭问讯，碧梧可有凤栖时。③

①耶溪：即若耶溪，传说为西施浣纱处。唐·李白《和卢侍御通塘山》诗："君夸通塘好，通塘胜耶溪。"王琦注引施宿《会稽志》："若耶溪在会稽县南二十五里，北流与镜湖合。"

②宓妃：传说中的洛水女神。战国·楚·屈原《楚辞·离骚》："吾令丰隆乘云兮，求宓妃之所在。"王逸注："宓妃，神女。"

③"碧梧"句：唐·杜甫《秋兴》诗："碧梧栖老凤凰枝。"

【笺】

首句是饶公的奇特想象，耶溪是西施浣纱之处，"耶溪小艇"指泛舟于若耶溪，这本身就是一个充满美感的意象，再加上西施的因素，那就更加令人向往了。别人泛舟是为了看景，饶公则说"欲追诗"。这种写法跟秦观的名句"携杖来追柳外凉"很相似，秦观是"追凉"，饶公是"追诗"，此中三昧，正可神会。后半化用杜甫诗意，再携一位女神来相佐。问宓妃、碧梧可有凤栖之时，暗含理想能否实现之意，深得楚骚神韵。饶公精熟《楚辞》，常用《楚辞》中的意象、手法来写绝句，形成了自身独特的风格。

鲲化为鹏①意比诗，庄生②漫衍③故多姿。
山河大地都如许，收拾赋心④入定⑤时。

【注释】

①鲲化为鹏：《庄子·逍遥游》："北冥有鱼，其名为鲲。鲲之大，不知其几千里也；化而为鸟，其名为鹏。鹏之背，不知其几千里也；怒而飞，其翼若垂天之云。是鸟也，海运则将徙于南冥。南冥者，天池也。"

②庄生：指庄子。北齐·颜之推《颜氏家训·勉学》："庄生有乘时鹊起之说。"

③漫衍：不受约束。《列子·仲尼》："公孙龙之为人也，行无师，学无友，佞给而不中，漫衍而无家。"

④赋心：汉·刘歆《西京杂记》："（司马）相如曰：'赋家之心，苞括宇宙，总览人物，斯乃得之于内，不可得而传。'"

⑤入定：佛教语。谓安心一处而不昏沉，了了分明而无杂念。多取跏坐式，谓佛教徒闭目静坐，不起杂念，使心定于一处。唐·玄奘《大唐西域记·曲女城》："时仙人居殑伽河侧，栖神入定，经数万岁，形如枯木。"

【笺】

此首是借庄子《逍遥游》中的鲲鹏来论诗。鲲鹏之化，是庄子充满想象力的一个寓言。饶公说，写诗不也如鲲化为鹏吗？一经庄子神来之笔，顿时变得多

彩多姿。而大地山河皆同此理，只要你能把握住它们的变化。那如何才能做到呢？饶公以为只有收拾自己的"赋心"，使之如禅师般进入"入定"的境界，才能更好地把握天地之间的变化。

西风卷地忍抛诗①，南雁飞来媚远姿。
写得鸳鸯难嫁与，亏②它涂抹费移时③。

①抛诗：弃诗不写。唐·白居易《寄题庐山旧草堂兼呈二林寺道侣》诗："犹残口业未抛诗。"

②亏：辜负。南朝·宋·范晔《后汉书·王允传》："有亏众望。"

③移时：经历一段时间。南朝·宋·范晔《后汉书·吴祐传》："祐越坛共小史雍丘、黄真欢语移时，与结友而别。"

【笺】

此首题禽鸟。首句的"忍"其实是"不忍"，即在这西风卷地的萧瑟中，安能无诗以抒怀。第二句点出一行远雁，这是途中之景，不管是在画中还是在诗中，这行远雁都属于宾主关系中的"宾"，只是起到衬托作用，真正的"主"则是第三句中的"鸳鸯"，这才是画和诗的主题。金人元好问《论诗绝句三十首》诗中的"鸳鸯绣出从教看，莫把金针度与人"奇绝一时，而饶公竟能翻出新意，变成"写得鸳鸯难嫁与"，真是奇外出奇。此句言以画创造出理想中的"鸳鸯"，但在现实中却"难嫁与"，这是艺术和生活之间永恒的矛盾。所以诗的最后才很无奈地说，白白辜负了这长时间的辛苦涂抹。

一川雨歇暮催诗，鼓吹①鸣蛙豹隐②姿。
画境人家谁会得，登楼好是去梯时。③

①鼓吹：古时仪仗乐队的器乐合奏。此特指蛙鸣。南朝·梁·萧子显《南齐书·孔稚珪传》："门庭之内，草莱不剪，中有蛙鸣，或问之曰：'欲为陈蕃乎？'稚珪笑曰：'我以此当两部鼓吹，何必期效仲举。'"

②豹隐：汉·刘向《列女传》陶答子妻谓："妾闻南山有玄豹，雾雨七日而不下食者，何也？欲以泽其毛而成文章也，故藏而远害。"后喻贤士高隐远害。南朝·齐·谢朓《之宣城出新林浦向板桥》诗："虽无玄豹姿，终隐南山雾。"

③"登楼"句：唐·张彦远《历代名画记》卷一《论画六法》："宋朝顾骏之尝结高楼以为画所，每登楼去梯，家人罕见。"

【笺】

此诗除首句白描之外，其他三句皆用典。第二句"鼓吹"与"豹隐"二典皆与隐逸有关，饶公将其糅合成一句，盖此画是写雨后之景，故联想到蛙鸣、豹隐之典，来写其高逸萧散的情怀。后半的"去梯"指作画当学南朝宋顾骏之登楼去梯，专心致志，才能臻于妙境。

> 一帧天然没字诗，春回草木换新姿。
> 窗前打稿①奇峰在，剪取湖云拂岸时。②

①打稿：打草稿。清·石涛语："搜尽奇峰打草稿。"
②"剪取"句：宋·陆游《秋思》诗："诗情也似并刀快，剪得秋光入卷来。"

【笺】

首句将画比作一幅天然的无字之诗。次句点明画的是苒苒春景。后半言以画笔为刀，剪取奇峰突起、湖云拂岸的瞬时美景，将其写入画中。在构思上当得益于陆游诗句的启发。钱钟书《谈艺录》评陆游、杨万里的诗曰："放翁善写景，而诚斋擅写生。放翁如图画之工笔；诚斋则如摄影之快镜，兔起鹘落，鸢飞鱼跃，稍纵即逝而及其未逝，转瞬即改而当其未改，眼明手捷，踪矢蹑风，此诚斋之所独也。"饶公此首，兼有陆、杨二家之善。

> 割愁有剑可裁诗，海畔尖山耸玉姿。①
> 坡老应惊秋未改，微波仿佛洞庭时。②

①"割愁"二句：唐·柳宗元《与浩初上人同看山寄京华亲故》诗："海畔尖山似剑芒，秋来处处割愁肠。"
②"坡老"二句：宋·苏轼《洞庭春色赋》："袅袅兮秋风，泛天宇兮清闲。吹洞庭之白浪，涨北渚之苍湾。"坡老：指苏轼。

【笺】

前半化用柳宗元诗意。后半言秋波未改，还似苏轼当年在洞庭湖所赏的一样。此首所题之画，是壮阔萧散的海山之景，海面水波粼粼，远山似有若无，冲淡而自然。诗画相融，浑然一体。

四十年间千首诗，支公①神骏②足云姿。
金丹九转③工裁句，偏爱山程水驿时。④

①支公：支遁（314—366），字道林，世称支公，也称林公，别称支硎，本姓关。陈留（今河南省开封市）人，或说河东林虑（今河南省林县）人。东晋高僧、佛学家、文学家。

②神骏：形容良马姿态雄健。南朝·宋·刘义庆《世说新语·言语》："支道林常养数匹马。或言：'道人畜马不韵。'支曰：'贫道重其神骏。'"

③金丹九转：道教谓丹的炼制有一至九转之别，而以九转为贵。晋·葛洪《抱朴子·金丹》："九转之丹服之，三日得仙。"九转：九次提炼。

④"偏爱"句：宋·陆游《题庐陵萧彦毓秀才诗卷后》诗："君诗妙处吾能识，尽在山程水驿中。"

【笺】

此诗为饶公对自己平生诗歌创作的一个总结。"四十年间千首诗"，亦非虚数，饶公《选堂诗词集》收录诗词近一千五百首。次句用"支遁好养马"之典，点出"神骏"二字，这是饶公诗词一贯的追求，也是他诗词的总体风格。第三句言其作诗功夫用得很深，经历了一个如道教炼丹的"金丹九转"的过程，最后才能写出好的诗句。末句是说其作诗的题材，以纪游诗为最多，饶公最爱的，也是这些摹写山程水驿的纪游之作。

独好杯中日日诗，茗搜文字①更增姿。
玉璜②天际谁梳洗，奈此夜山片月③时。

①茗搜文字：宋·黄庭坚《次韵杨君金送酒》诗："茗搜文字响枯肠。"

②玉璜：半圆形的璧。北魏·郦道元《山海经·海外西经》："（夏后启）左手操翳，右手操环，佩玉璜。"郭璞注："半璧曰璜。"此喻银河。

③片月：弦月。南朝·陈·徐陵《走笔戏书应令》诗："片月窥花簟。"

【笺】

前半言平生作诗，常以茶酒相伴。饶公写有一副行书对联："茗杯眠起味，书卷静中缘。"盖潮州人喜欢喝功夫茶，想来佳茗应该给了饶公不少创作的灵感。后半部分写画中之景：天际的银河如玉璜般，谁能为之梳洗？夜山升起了弦月，"我"独对如此孤寂之景，情何以堪！

蔷薇无力女郎诗，①皓月梢头想夕姿。

暗柳萧萧星冉冉，②描成天上断肠诗。

①"蔷薇"句：金·元好问《论诗绝句三十首》诗："有情芍药含春泪，无力蔷薇卧晓枝。拈出退之《山石》句，始知渠是女郎诗。"前半为秦观诗句，而韩愈《山石》诗颇为雄健，故曰"拈出退之《山石》句"，始知秦观句似纤弱的女郎诗。

②"暗柳"句：宋·姜夔《湘月》词："暗柳萧萧，飞星冉冉，夜久知秋冷。"冉冉：光亮闪动貌。

【笺】

此首情到深处，不能自已。首句用元好问论秦观诗之成句，但此处的"女郎诗"并无贬义，只是对自己写出如此柔情的诗句的些许自嘲而已。第二句由梢头皓月想到整个蕴含着无限姿色的夜景。第三句化用姜夔词意，末句顺流而出，言以此冉冉星光，描成天上断肠之诗，将姜夔的意境又提升了一层，这最后一句，才是饶公诗心之所在。

屏山①围处合鏖诗②，瓶里胡姬③绝世姿。

寄语玉人④休劝酒，柳花不似故园时。

①屏山：屏风。唐·温庭筠《南歌子》词："鸳枕映屏山。"

②鏖诗：斗诗。清·丘逢甲《往事》诗："银烛鏖诗罢。"

③胡姬：饶公自注："星洲花名。"又饶公《由 Orchid 说到兰》一文曰："新加坡最吸引人的植物，莫如 Orchid 了。人们赐予她以嘉名，呼为胡姬；从这个称号看来，好像把美人的名用于香草。可是胡姬花的特点，以色而不以香；和中国人所爱好的兰，号为'王者香'，似乎是两样不同的风格。"

④玉人：此指胡姬花。

【笺】

此首咏新加坡的胡姬花，实为思乡之作。前半言瓶里的胡姬花极为漂亮，有绝世之姿，正合诗人于屏风环绕之中赏花斗诗。后半借用李白《金陵酒肆留别》中"风吹柳花满店香，吴姬压酒劝客尝"的诗意，言胡姬花虽好，然终是比不上故园的柳花，所以寄语玉人（胡姬花）说不用再劝酒了，因为诗人已经因为思乡而酒兴全无了。末句"柳花不似故园时"是采用倒装的句法，原来的语序是"不似故园柳花时",为了符合平仄格律的需要,所以将"柳花"前置。此诗的另一特色是采用拟人的手法,把胡姬花当成玉人来写,这样既增添了诗的情趣,又加深了情感表达的力度。

疏星历历①最宜诗,涧水无声泻悄姿。
隔个窗儿看更澈,四围②秋色未寒时③。

①历历:清晰貌。《古诗十九首·明月皎夜光》诗:"众星何历历。"
②四围:四周,周围。唐·牟融《登环翠楼》诗:"云树四围当户暝。"
③未寒时:唐·韩偓《已凉》诗:"已凉天气未寒时。"

【笺】

首句由疏星而起诗思,与前面的"暗柳萧萧星冉冉,描成天上断肠诗",同一机杼。第二句写无声的涧水悄悄泻出迷人的风姿,此非澄心观物者不能道也。此诗精彩之处正在后半。唐人韩偓有名句:"已凉天气未寒时",饶公化用其诗意,将"已凉天气"改为"四围秋色",这是使用了代换意象的手法。再添上"隔个窗儿看更澈"来搭配,起码有三层含义,一是隔窗看景,距离产生美;二是人在窗前,以观外景,视觉由里而向外;三是从一扇小窗,可以看到无限的天地,明人周履靖《骚坛秘语》:"凡作绝句,如窗中览景,立处虽窄,眼界自宽。"全诗的转折及亮点,全在第三句,因为它使得此诗有了一个更具哲理的高度。

寂寥人外①可无诗,手摘星辰②布仙姿。
肘下诸峰争起伏,迷离宛溯上皇③时。

①人外:犹世外。南朝·宋·范晔《后汉书·陈宠传》:"屏居人外。"
②手摘星辰:唐·李白《夜宿山寺》诗:"手可摘星辰。"
③上皇:汉·郑玄《诗谱序》:"诗之兴也,谅不于上皇之世。"孔颖达疏:"上皇,谓伏羲,三皇之最先者。"传说上皇之时,太平无争,民各自乐其生。唐·钱起《衡门春夜》诗:"宁唯北窗月,自谓上皇人。"

【笺】

首句的"寂寥人外",是饶公所心仪的境界,唯其能寂寥于人外,故能摈除扰攘的人事,而潜心静志,直追艺术的真源。次句的"手摘星辰"化用李白的

饶宗颐绝句选注

诗意，而"布仙姿"则是饶公的创造。后半写运笔于肘下，画出起伏的群山，一"争"字形象地写出群山高低连绵的神韵，此时的饶公已经完全陶醉在自己创造的意境之中，感觉迷离惝恍，仿佛来到上皇之世。

宋元吟韵继声·和宋徐直方《观水》①

秋山一片云，掷向江流去。
凭槛尔何心，疏枝劝少住②。

①宋·徐直方《观水》诗："沧江无尽水，夜夜随潮去。若复作潮来，沧江止不住。"
②少住：暂留，稍住一刻。唐·房玄龄等《晋书·庾亮传》："诸君少住，老子于此兴复不浅。"

【笺】

此诗既是题画，也是和宋人徐直方《观水》诗之作。前半从画中景物入手，发挥诗人的雄奇想象，以秋山片云随波而去比喻自身的漂泊，可谓天然好语。后半写凭槛倚栏，树上的疏枝也饱含感情，劝人少作停留，好像在对诗人说："不如稍住片刻吧，别再漂泊了！"饶公在另一首诗《学苑林杂题》中说："唯有胡姬能劝客，一枝投老且为家"，意思与此近似。这种借草木留人，来寄托惜别之情的写法由来已久。唐人戎昱《移家别湖上亭》诗曰："好是春风湖上亭，柳条藤蔓系离情。黄莺久住浑相识，欲别频啼四五声。"近人曾习经有《南归初发都留别寓居草树》，其中《老槐》一首曰："十年槐树下，劳劳役尘梦。起视西南枝，亦有微风动。"又《海棠》一首曰："去年无一花，今年花特盛。已矣别离心，惭谢殷勤敬。"俱称佳作。俗云："人非草木，孰能无情"，岂知草木有情于俗人远甚。以草木为挚友，拟人寄情，饶公此诗正是对这种写法的继承。

题画绝句

（十九首选五）

流水人家①曳柳条，秋风曾系木兰桡②。
阊门③暂慰它年梦，暮雨疏钟忆六朝。④

①流水人家：元·马致远《天净沙·秋思》曲："小桥流水人家。"

②木兰桡：小舟的美称。唐·韩翃《送丹阳刘太真》诗："相访不辞千里远，西风好借木兰桡。"

③阊门：城门名，在江苏省苏州市城西。阊门一带曾是十分繁华的地方，地方官吏常在此宴请和迎送宾客，许多诗人也在此吟诵诗词。宋·贺铸《鹧鸪天》词："重过阊门万事非，同来何事不同归。"

④"暮雨"句：清·龚鼎孳《上巳将过金陵》诗："流水青山送六朝。"

【笺】

前半为画中景，"流水人家""柳条""木兰桡"，疏疏几笔，犹如倪云林简远的山水画。后半宕开来写，不再局限于画面，反而使画的意境有了更大的升华。阊门古为宴请和迎送宾客之处，此处意谓他年定能于阊门再会朋友，同在"暮雨疏钟"中回忆六朝那段如梦似幻的历史。诗读至此，不禁使人想起了晚唐诗人韦庄的名篇《金陵图》："江雨霏霏江草齐，六朝如梦鸟空啼。无情最是台城柳，依旧烟笼十里堤。"

路入深林不计层，好云表秀①复藏棱②。
诸峰清苦巨然③笔，商略④山居学老僧。

①表秀：展现秀色。唐·骆宾王《上兖州刺史启》："琼雕岳立，表秀干云。"

②藏棱：不露锋芒。宋·苏轼《孙莘老求墨妙亭》诗："徐家父子亦秀绝，字外出力中藏棱。"

③巨然：五代南唐、北宋画家，僧人。原姓名不详，生卒年不详，钟陵（今江西省南昌市）人，一说江宁（今江苏省南京市）人。早年在江宁开元寺出家，南唐降宋后，来到开封，居开宝寺。擅山水，师法董源，专画江南山水，所画峰峦，山顶多作矾头，林麓间多卵石，并掩映以疏筠蔓草，置之细径危桥茅屋，得野逸清静之趣，深受文人喜爱。以长披麻皴画山石，笔墨秀润，为董源画风之嫡传，并称"董巨"，对元、明、清以至近代的山水画发展有极大影响。有《万壑松风图》《秋山问道图》《山居图》等传世。

④商略：准备。宋·姜夔《点绛唇》词："数峰清苦，商略黄昏雨。"

【笺】

首句写画中的山林层层深远，第二句言山间缭绕的"好云"既展现自己的秀美之姿，又将山的棱角隐藏起来，使之更具朦胧美。后半的"诸峰清苦""商略"化自姜夔的词句，"巨然笔""山居学老僧"则是饶公新添的意境。诗意为：画中诸峰清苦，有如僧巨然的笔法，面对如此画境，"我"也准备学老僧山居于其中。

盘涡①浴燕憺忘归②，漫倩③游丝挂落晖④。
领略⑤黄昏情味好，春风摇曳水深围。⑥

①盘涡：水旋流形成的深涡。唐·杜甫《愁》诗："盘涡鹭浴底心性。"
②憺忘归：乐而忘返。战国·楚·屈原《楚辞·九歌·山鬼》："留灵修兮憺忘归。"憺：指安乐。王逸注："憺，安也。"忘归：忘返。
③漫倩：聊请。
④落晖：夕阳，夕照。晋·陆机《拟东城一何高》诗："大量嗟落晖。"
⑤领略：欣赏，赏玩。宋·周辉《清波杂志》："凡山南佳处，领略粗遍。"
⑥"春风"句：曾习经《田间杂诗》："小立茅斋试招手，晚风蒲稗水深围。"

【笺】

此首所题的画为一幅春水黄昏图，整首都在围绕第三句的"黄昏情味好"来写。而具体如何"领略"，则通过画面中的盘涡浴燕、游丝落日、春风深水这三个意象来营造。诗画相生，情味隽永。

萧寥凉树杂尖风①，懒瓒②心情或许同。
残墨自磨还自试，乱云飞下不成峰。

①尖风：刺人的寒风。唐·李商隐《蝶三首》诗："不觉逆尖风。"
②懒瓒：倪瓒（1301—1374），元代画家，诗人。原名珽，字元镇，号云林，常州无锡梅里祇陀村（今江苏省无锡市梅里镇）人。擅画山水、竹石、枯木等，意境荒寒空寂，风格萧散超逸。画史将其与黄公望、吴镇、王蒙并称"元四家"。其家原是吴中巨富，但倪瓒不事生产，自称"懒瓒"，以布衣终。

【笺】

饶公于画，深喜元人特别是倪云林之作。倪云林有一别号曰"荆蛮民"，饶公为表效法之意，便起一别号曰"今荆蛮民"。此首所题便为仿倪云林之作。首句写画面上的树，倪云林之树以萧疏空寂著称，饶公以疏木斜枝来画出风中之树的感觉。第二句点出之所以特好倪云林，是因为疏懒的性情与倪云林颇为相近。后半写画中的云山，以干墨涂抹远山，若隐若现，乱云飞下，峰头为之遮掩，故曰："不成峰。"寥寥数笔，便勾勒出一幅萧散简远的疏树云山图。诗画形神兼备，相得益彰。

垂柳疏疏绿又新，经霜了不^①染微尘。

索居^②难出凌霄塔，愿作榆城^③一画人。^④

①了不：绝不，全不。晋·陶潜《晋故征西大将军长史孟府君传》："君归，见嘲笑而请笔作答，了不容思，文辞超卓，四座叹之。"

②索居：孤独地散处一方。汉·戴圣编纂《礼记·檀弓上》："吾离群而索居，亦已久矣。"郑玄注："索，犹散也。"

③榆城：美国康涅狄格州南部城市纽黑文（New Haven），又名新港，旧植榆树，故有"榆城"之称。今耶鲁大学所在地。

④"愿作"句：饶公自注："时在新港耶鲁大学。"

【笺】

1970 年 9 月至 1971 年 6 月，饶公被耶鲁大学研究院聘为客座教授，主讲先秦文学。这段时间他住在耶鲁大学的一座古塔中，曾以短短数月时间遍和北宋词人周邦彦的词作，结成《榆城乐章》《睎周集》，共 165 首。饶公的古塔居室中有一榻，这些词大都是在此榻上写出来的。饶公为此还写了一篇《词榻赋》，序中曰："忆在榆城，宿耶鲁大学古塔第十一层，三月之中，遍和清真词一百六十首。每文思之来也，嘿尔坐旧沙发上，以寸楮断续书之，或一日成十数首。友人傅汉思、张充和夫妇讶指是榻，云此果灵感之温床耶？为之失笑，摄影以记之。顷发陈箧，忽得此照，欣旧梦之重温，为之怅惘者累日。"这就是此诗中"凌霄塔"的来历。

饶公在耶鲁期间，与耶鲁大学德籍教授、著名汉学家傅汉思及其夫人张充和交往密切，结下了一段深厚的情谊。赵松元先生曾评说过饶公与张氏的这段交往："张充和出身名门，性情温婉，才艺超卓，是民国时代著名的'张家四姐妹'之一，集聪慧、秀美、才识于一身，是胡适、沈尹默、张大千、傅抱石、章士钊、卞之琳等一代名家的同时代好友兼诗友，长于书法、诗词，尤其擅长昆曲，精通音律，能度曲，会摩笛，偶涉丹青，亦能不同凡响。张充和 1948 年随傅汉思移居美国，后任教于耶鲁大学美术学院，主讲中国书法。二十多年的异国生活，与祖国亲友长期分离，充和难免会产生寂寞之感、故国山河之思。而选堂亦是羁旅异国，颇多天涯飘零之慨。再加上一个是聪慧秀美、才艺超卓的一代名媛，一个是学究天人、多才多艺的旷世奇才，在异国他乡邂逅相遇，他们互相欣赏，互相推重，情重意深，风华旖旎，充满艺术趣味和诗情浪漫的交往十分频繁，从而结出了一段 20 世纪的艺坛佳话。"（赵松元、刘梦芙、陈伟：《选堂诗词论稿》，合肥：黄山书社 2009 年版，第 68 页）

这段时间，饶公除了创作词之外，还常与张充和女士一起作画。有一次，张充和观看饶公作画，赋诗相赠，并送了一盒胭脂给饶公，用以点染画中的霜林，饶公感动万分，写了一首《浣溪沙》回赠张充和，词云："摇落方知宋玉悲，秋风坠叶满林扉。胭脂合与点斜晖。流梦渌波声细细，牵衣红树话依依。教人翻信是春归。"

此诗就是在这样一个背景下写出来的。前半以垂柳起兴，以经霜不染微尘来象征一种纯洁的艺术境界。第三句的"索居"点出了此时饶公的寂寞之感，虽有知己如张充和者，却很难长聚，因为饶公很快就将离开榆城。正是因为有这样一份深挚的情感，所以才逼出末句的"愿作榆城一画人"，饶公从心底是愿意留在榆城的。可惜这只能是一个美好的愿望而已。

写幽涧寒松① 和董思翁② 韵

画里涧阿③可卜居④，一丘一壑⑤足三余⑥。
临流独欲思濠濮⑦，林水云山胜道书。

①幽涧寒松：元·倪瓒有《幽涧寒松图》。

②董思翁：指董其昌（1555—1636），字玄宰，号思白、思翁。华亭（上海松江）人。明代后期著名画家、书法家、书画理论家、书画鉴赏家，"华亭派"的主要代表。

③涧阿：隐者所居之地。《诗·卫风·考槃》："考槃在涧，硕人之宽……考槃在阿，硕人之薖。"

④卜居：择地居住，《楚辞》有《卜居》篇。元·倪瓒《题画十二首》诗："何处青山可卜居。"

⑤一丘一壑：汉·班固《汉书·叙传》："渔钓于一壑，则万物不奸其志；栖迟于一丘，则天下不易其乐。"后以一丘一壑指隐居寄情山水。宋·辛弃疾《鹧鸪天》词："一丘一壑也风流。"

⑥三余：晋·陈寿《三国志·王朗传》裴松之注引《魏略》："人有从学者，遇不肯教，而云：'必当先读百遍'。言'读书百遍，而义自见'。从学者云：'苦渴无日'。遇言'当以三余'。或问三余之意，遇言：'冬者岁之余，夜者日之余，阴雨者时之余也。'"后遂以"三余"指空闲的时间，再引申为勤奋读书。

⑦濠濮：《庄子·秋水》载庄子与惠施游于濠梁之上，辩知鱼之乐。又庄子曾钓于濮水，楚王要聘他出来做官。庄子以龟宁愿活生生曳尾泥涂之中，也不愿成为死龟被藏在庙堂之上为喻，拒绝了楚王的聘请。后遂以"濠濮"指高人隐居之处。又南朝·宋·刘义庆《世说新语·言语》："简文入华林园，顾谓左右曰：'会心处不必在远，翳然林水，便自有濠濮间想也。觉鸟兽禽鱼，自来亲人。'"饶公此句正是化自梁简文帝这段话，可谓典中有典。

【笺】

饶公这首题画诗，韵和明末书画名家董其昌，画的内容是"幽涧寒松"。首句凭空而出，切入主题：因见画中涧阿之幽美，而忍不住想卜居其中。此句似从倪瓒《题画十二首》"何处青山可卜居"化来。"可卜居"三字饱含着诗人的喜爱之情，必是喜爱之极，才想在此卜居。后来饶公游日本大函时也有诗曰："峡里风云多变化，此乡不住住何乡"，正同此意。题画，但不直接描写画面如何优美，而是从另一个角度落想，只写诗人想卜居其中，则画境之优美便不言而喻，这种化实为虚的手法，不落俗套，正是饶公的高明之处。

第二句的"三余"典出三国名儒董遇，"一丘一壑"用《汉书·叙传》语，饶公将这两个典糅合起来，言三余之时，若能在这一丘一壑中读书，吾愿足矣！第三句用庄子之典，言临流而忽起庄子的濠濮之思。

末句承接"思濠濮"而悟出，道书是静的、死的，林水云山是动的、活的。文字永远是局限的，所谓"辞不能尽达人意，何况赏心之际，心与自然相通，进而天人合一，岂区区道书文字所能表达哉？"诗写到这里，已经分不清林水云山是画还是真实的风景，也分不清诗是画还是画是诗了。顾随论诗有"盆景、园林、山水"之喻，谓盆景、园林皆模仿之艺术，"太小""匠气太重"，唯"真的山水"，"不但可发现高尚的情趣，而且发现伟大的力量"（顾随：《顾随论学精要》，天津：天津人民出版社 2007 年版，第 98 页）。饶公亦曰："古人骨已朽，披图梦凤昔。何如真山水，日日供案席。取舍自吾侪，寻幽且搏壁。"（《下大屿山遇暴风雨涧水陡涨追记》）诗画一理，二家英雄所见略同，此亦"林水云山"所以"胜道书"之故也。

此诗融情景于议论之中，体现出诗人高逸澹远的境界，正是得益于用典的含蓄蕴藉。典故自古就有，但是一经饶公之手，便带上"饶味"，此即宋人蔡绦所云："作诗用事要如禅家语，水中着盐，饮水乃知盐味。"（《西清诗话》）这只是饶公许多题画诗中普通的一首，但滴水也可窥大海。饶公不但写出了自己的性情，而且融入了他对画、诗、自然，乃至至高无上的"道"的独特感悟。相信饶公写这首诗时一定是不假思索、信手拈来，因为这本来就是发自内心的，是他睿智的自然流露。文章本天成，妙手偶得之。

题梅

东风力可护花残，[①]似夏长年[②]忽岁阑[③]。
且折一枝聊寄与，教人知道有春寒。[④]

① "东风" 句：唐·李商隐《无题》诗："东风无力百花残。"

② 似夏长年：长年似夏，指气候长年如夏天般炎热。

③ 岁阑：一年将尽。唐·崔涂《初过汉江》诗："人物萧条值岁阑。"

④ "且折" 二句：南北朝·陆凯《赠范晔》诗："江南无所有，聊赠一枝春。"元·贡性之《涌金门见柳》诗："折取一枝入城去，使人知道已春深。"

【笺】

首句反用李商隐"东风无力百花残"之诗意，言东风有力，故能护花不残。第二句言长年似夏，因而不知不觉就到了岁末，这是为后面的"春寒"作铺垫。后半化自贡性之，将"见柳"换成"题梅"。因为长年似夏，非常炎热，故诗人折梅一枝相寄，教人知道梅有忍寒之性，不要为世俗的炎热所淹没。句式虽化自贡性之，诗意却有了变化。贡氏此作是元诗的名篇，清代袁枚就曾化用过一次："折取一枝斑竹去，教人知道过潇湘。"饶公此首算是二度化用了。

题少昂① 惬心之作

衍派隔山②出愈奇，平沙折苇雁来时。
笔端芍药偏含雨，③肘外寒蝉独挂枝。

① 少昂：赵少昂（1905—1998），本名垣，字叔仪，广东番禺人。早年随高奇峰学艺于广州。后在香港主持岭南艺苑，设帐受徒。擅绘花卉、禽鸟，间亦画山水，写生甚勤。所作流利清雅，用色变化莫测，构图别具新意，将高奇峰的画法推进一大步。常用印章"我之为我自有我在"，可谓夫子自道。与饶公相交四十年。

② 衍派隔山：居廉（1828—1904），字士刚，号古泉，又号隔山老人、隔山樵子。居廉早年得其堂兄居巢（1811—1865）启蒙授艺学画，后画艺大进，与其兄齐名，世称"二居"，时人称为"居派"，亦称"隔山派"。岭南画派奠基人高剑父、陈树人等早年皆出其门下，因而居廉被尊为"岭南画派祖师"。赵少昂师承高剑父之弟高奇峰，故称其"衍派隔山"。

③ "笔端" 句：宋·秦观《春日》诗："有情芍药含春泪，无力蔷薇卧晓枝。"

【笺】

此首为饶公题其好友赵少昂的画作之作，从诗来看，这是一幅禽鸟花卉图。首句点明赵氏的家数，是继承晚清的隔山画派，而又有所新变。后三句皆是对画面的描写：折苇来雁，芍药含雨，寒蝉挂枝，让人如临其境。第三、四句作成一副工整的对联，芍药、寒蝉皆是小景，饶公写来却别具一种空灵的格调，不落小家子气，这是得益于他的体物功夫。

末句的"寒蝉独挂枝"，可谓善于取势，饶公另有一篇骈文《说势序刘海粟翁书画》，中有句曰："时似鸣蝉之过枝，或如莲花之重累；见若眉睫之间，神游霄壤之外，泠然善矣，能事毕矣。"可为此句作注脚。

题一鹏① 山水

摇落江山万里遥，②何人此处泛兰桡③。
断崖空自悬千尺，隔水林风我欲招。

①一鹏：指万一鹏，（1917—1994），字啸云，号铎和尚、无因老人、墨庐，江苏嘉定人。幼承家学，曾随赵梦苏习画。1949 年移居香港，曾任教于香港中文大学新亚书院艺术系。任教之余，创办了"万壑草堂画会"，广纳学生。1984 年移居加拿大。擅山水，笔力沉厚，有近于元代吴仲圭处。晚年常作指画，挥写自如，不拘一法。所作山水、花卉及钟馗，与清代高其佩有异曲同工之妙，张大千赞其为"自年来所未有也"。与饶公从 20 世纪 50 年代开始即为挚友。

②"摇落"句：饶公《说势序刘海粟翁书画》："辽落江山，居然万里。"

③兰桡：兰木制成之船桨，泛指船。唐·刘禹锡《相和歌辞·采菱行》诗："时转兰桡破轻浪。"

【笺】

此首为饶公题其好友万一鹏的山水图之作。前半写图中之景，"江山""兰桡"，一大一小，结合得很有法度。饶公为画作诗，很重一个"势"字，他在《说势序刘海粟翁书画》中曰："夫虚实无端，行止随分，临文体要，务使辞已尽而势有余。"又曰："翁曾与余书，谓《老子》有无相生，难易相成，音声相和，长短相随，可移作书画之法，渊哉是言！"此诗后半由断崖千尺，而思招隔水林风，便是善于取势，深合"有无相生"之道。

饶宗颐绝句选注

白山图册题句①

（五首选二）

山水聊心存，北风隔千里。
何以折赠君，数枝斜阳里。

①饶公自注："辛亥岁暮，戴密微丈寄贻瑞士图册，回忆曩年白山黑湖之游，挑灯写此，率成数纸，时除夕统如三鼓矣，选堂记于星洲。"辛亥：1971 年。此为饶公游法国白山所绘图册的题画诗。

【笺】

饶公与戴密微先生共游法国白山时画了许多画，并装订成册，此诗既是为了题画，也是写给戴密微的。首句言白山的山水，饶公已形诸笔墨，永存心中。饶公作诗时已在新加坡，故有"北风隔千里"之句。后半的写法是学南北朝诗人陆凯《赠范晔》诗："折花逢驿使，寄与陇头人。江南无所有，聊赠一枝春。"画面中斜阳下的数枝花木，正是饶公寄意之所在，表达了他对戴氏的深情厚谊。

飞雪拂空林，朔风①振枯苇。
去霭密成阴，浮生薄如纸。

①朔风：北风，寒风。三国·魏·曹植《朔方》诗："仰彼朔风，用怀魏都。"

【笺】

前半描绘画中景物，写出一幅"雪林风苇图"。一"拂"一"振"两个动词，都很有动感和力度。特别是"振"字，将枯苇在风雪中不折不挠的精神形象地表现出来。后半宕开一笔，由画中的薄薄阴霭，而联想到浮生也"薄如纸"，这是一个相当新奇的比喻，也充满哲理。其中有对人生的深沉感叹：在这薄如纸的浮生中，人是多么渺小和无奈。饶公的题画诗，往往不只是在题画，而是融入他对人生的思考，有一种哲学的升华，这也是饶公诗作的一大看点。

《冰炭集》

（选四十首）

1972 年结集，新加坡、日本

自序

平生所作诗，懒不收拾，行箧存者犹近千首。友人颇爱余绝句，而刊行仅有瑞士黑湖诸作。爰以暇暑，哀录成帙。漏雨苍苔，浮萍绿锦，虽无牧之后池之蕴藉，庶几表圣狂题之悲慨。舟车所至，五洲已历其四。祁寒酷暑，发为吟哦，往往不能自已。念世孰相知定吾文者，遂奋笔删订，颜曰《冰炭集》，并系五古三首，鸣蜩哀鼃，聊助鼓吹云尔。

壬子时在星洲

杜鹃谢后作

簌簌①风威众草低，行人怅望日沉西。
杜鹃泪血应抛尽，如许残春不敢啼。

①簌簌：颤动貌。明·陆采《明珠记·酬节》："生绡扇儿休挥触，清风自有凉亭竹。风来也，冀簌簌。"

【笺】

杜鹃鸟又名杜宇，据《成都记》载："杜宇又曰杜主，自天而降，称望帝，好稼穑，治郫城。后望帝死，其魂化为鸟，暮春啼苦，至于口中流血，其声哀怨凄悲，动人肺腑，名曰杜鹃。"这就是传说中的"望帝啼鹃"。此诗由杜鹃花凋谢而写到杜鹃鸟抛尽血泪，面对如此残春不敢啼叫。全诗充斥着一股悲情。

读唐人张碧① 诗

（二首）

天教下笔证兴亡，②剩有心声接混茫③。
见说髑髅浑欲语，④野田磷火⑤又成行。

①张碧：字太碧，里居及生卒年均不详。唐德宗贞元末前后在世。贞元中，累举进士不第，寄情诗酒，慕李太白之高致，其诗风受李白、李贺、贯休影响较深。孟郊推重其诗。有《张碧歌诗集》一卷。

②"天教"句：唐·孟郊《读张碧集》诗曰："天宝太白没，六义已消歇。先生今复生，斯文信难缺。下笔证兴亡，陈词备风骨。高秋数奏琴，澄潭一轮月。"

③接混茫：唐·杜甫《寄岑参》诗："意惬关飞动，篇终接混茫。"

④"见说"句：唐·张碧《野田行》诗："冤骨千堆髑髅语。"

⑤磷火：磷化氢燃烧时的火焰。人或动物尸体腐烂分解出磷化氢，能自燃。夜间野地里有时出现白色带蓝绿色的火焰，就是磷火，俗称"鬼火"。

【笺】

张碧擅长古风，多有抨击黑暗现实、同情民间疾苦之作。饶公饱阅沧桑，此首乃借评论张碧之诗以抒自身胸中之块垒。因孟郊赠张碧诗有"下笔证兴亡"之句，故饶公加"天教"二字作为首句，以见张碧诗中有史，诗人负有以诗笔见证兴亡的使命。第二句化用老杜之句，继续烘托张碧诗之情真境阔。后半化用张碧诗意，以见末世之残酷，冤骨千堆，髑髅欲语，人死无数，却只能化作野田的一行行鬼火。末句一个"又"字，是说如今世道又如张碧当年，借古伤今，全凭此字表出。

络纬①风前晚自哀，飞花飞雨落苍苔。
何人为续游春引，会见勾芒入梦来。②

①络纬：虫名，即莎鸡，俗称络丝娘、纺织娘。夏秋夜间振羽作声，声如纺线，故名。

汉·无名氏《古八变歌》:"络纬响空阶。"

②"何人"二句:唐·张碧《游春引》诗:"句芒爱弄春风权,开萌发翠无党偏。句芒小女精神巧,机罗杼绮满平川。"勾芒:传说中主管树木之神。此象征春天之神。《尚书大传》:"东方之极,自碣石东至日出榑木之野,帝太皞神勾芒司之。"亦作句芒。

【笺】

此首是饶公读唐人张碧诗的读后感,是从其《游春引》诗引发出来的。前半的"络纬风前""飞花飞雨"已经是春尽的时候了。春已尽,故引出后半的何人能再续张碧的《游春引》诗,让春再停留一会儿,虽然在现实中很难实现这样的愿望,但诗人仍寄望于梦,希望春天之神能来入我梦中,这是饶公的一片痴情。"留春"是传统诗词的一个主题,宋代的黄庭坚有一首《清平乐》词,即留春的名篇,词曰:"春归何处?寂寞无行路。若有人知春去处,唤取归来同住。春无踪迹谁知?除非问取黄鹂。百啭无人能解,因风飞过蔷薇。"聊为抄出,古今同赏。

(四首选二)

万花溅泪②汝何堪,聩聩③彼苍④睡尚酣。
向晚断霞千里赤⑤,惊心鱼尾⑥是天南。

①春阴:春天阴雨时。宋·陆游《春行》诗:"九日春阴一日晴。"
②万花溅泪:唐·杜甫《春望》诗:"感时花溅泪。"
③聩聩:昏聩貌。唐·王涯《说元五篇·明宗一》:"聩聩而听者不闻雷霆。"
④彼苍:苍天。《诗·秦风·黄鸟》:"彼苍者天。"
⑤"向晚"句:宋·苏轼《游金山寺》诗:"断霞千里鱼尾赤。"向晚:傍晚。唐·李商隐《乐游原》诗:"向晚意不适。"
⑥鱼尾:《诗·周南·汝坟》:"鲂鱼赪尾,王室如毁。"朱熹注:"赪,赤也。鱼劳则尾赤。鲂尾本白而今赤,则劳甚矣。"王室如毁,谓王室之政酷烈也。

【笺】

饶公此诗作于新加坡。时大陆正处在"文革"时期,饶公身在天涯,眷念家国,忧患之感充斥于天地之间。题为"春阴",已寓有风雨如晦之意。首句"万花溅泪"化用杜甫诗意,"汝何堪"为反问自指,也即"我"实不堪之意。

第二句指天而骂，谓天昏聩无情，尚在酣睡之中，根本不管人间灾祸。后半由落日断霞之赤而联想到《诗经》中的"鲂鱼赪尾，王室如毁"，这是在批判当时"文革"政酷民劳。饶公性情温厚，为诗深合儒家"乐而不淫，哀而不伤"的诗教。像此首批判如此激烈的诗作，尚属少见，这已经是由哀而怒的变徵之音了。

冻雨何尝与洗尘，新栽杨柳不成春。
闲云忙水愁何在，屋角鸣鸠只笑人。

【笺】

　　此诗为《春阴》四首其四，其所欲表达的情感已不复如第一首所呈现的那般激越愤怒，而转为潜沉内敛。首句点明春阴之气候特征。淫雨霏霏的春天并不是那般温暖和煦，下的是冷入心骨的冻雨，且此雨亦不能洗净一身乃至天地间的俗尘，郁郁之情已现。次句更将这种恼人气候下的低迷心绪往深处推进。杨柳本是春天的代表景物之一，更何况新栽之柳，本应是更为积极勃发，却不料竟"不成春"。这里其实还有一层寄托，饶公时在新加坡国立大学任中文系主任，然而饶公说："我在新加坡时心情不太好。那个时候新加坡政府压中国文化。……我是那里唯一的中文系教授，而那里却又根本不提倡中国文化，只提倡中国语，没有'文'，学学华语就够了。"（饶宗颐述，胡晓明、李瑞明整理：《饶宗颐学述》，杭州：浙江人民出版社 2000 年版，第 65、66 页）所谓的"新栽杨柳不成春"，亦是说自己的教学成果不太理想，学生们有如新栽杨柳，只是"我"却种不成春。第三句承前两句而转，由物及人，言人时而似云闲般自在悠游，时而似流水般日夜流淌、奔波不止。然而不论是闲是忙，愁总是萦绕在心上。"愁何在"实是愁时时都在，且这愁无处可遣，因而心情更为郁闷不堪。第四句在前三句之基础上言愁情之纠结，竟令屋角的鸣鸠也忍不住嘲笑我。"可以人而不如鸟乎"！诗人身在天涯，飘零不定，而愁情又无从排解，连鸣鸠都知"我"之可笑，其不堪更待何言。

京都^①大原山寺听梵呗^②题赠多纪上人^③

入谷鸣蝉先洗耳，升堂吹律^④遏行云^⑤。
鱼山遗响^⑥今谁继，待起陈思与细论。

①京都：日本故都，又称西京。位于日本列岛中心的关西地区，794 年平安京城始建于京都。

②梵呗：佛教谓作法事时的歌咏赞颂之声。

③上人：《释氏要览·称谓》引古师云："内有德智，外有胜行，在人之上，名上人。"自南朝宋以后，"上人"多用于对和尚的尊称。

④吹律：吹奏律管。律为阳声，故传说可以使地暖。唐·钱起《中书王舍人辋川旧居》诗："诵经连谷响，吹律减云寒。"

⑤遏行云：指声音高入云霄，阻住了云飘动，一般用来形容歌声嘹亮。《列子·汤问》："薛谭学讴于秦青，未穷青之技，自谓尽之，遂辞归。秦青弗止，饯于郊衢，抚节悲歌，声振林木，响遏行云。"

⑥鱼山遗响：传说梵呗为曹植所创制。南朝·梁·慧皎《高僧传·经师论》："原夫梵呗之起，亦肇自陈思。"唐·道世《法苑珠林》："陈思王曹植尝游鱼山，忽闻空中梵天之响，清雅哀婉，其声动心。独听良久，乃摹其声节，写为梵呗，撰文制音，传为后式。"

【笺】

　　此首为饶公题赠日本友人多纪上人之作，内容则为听梵呗的感受。前半是一副对联，以鸣蝉洗耳、吹律遏云，极写梵呗的振响清彻。后半追溯梵呗的源头，传说曹植游鱼山，闻梵天之响，乃摹其声节而为梵呗。饶公此处意谓大原山寺的梵呗可继响鱼山，想要请曹植于地下出来仔细讨论。

　　饶公曰："后来我研究梵呗，我到大原山，在大原山寺我大开眼界。嚯！他们有无量数的写本！就是唱佛经的梵呗的写本，这都是从中国传去的，有不同的派，他们的派叫作'流'。他们叫作'声明'的，其实就是梵呗，他们将梵呗保存得很好，连一张纸都保存，很令我感慨。日本人保护文化的精神，一点一滴都保存的精神，我看了很受感动。"（饶宗颐述，胡晓明、李瑞明整理：《饶宗颐学述》，杭州：浙江人民出版社 2000 年版，第 49 页）

梦天

夜梦扪天万叠青，①驰魂何远叩冥冥②。

千年走马③人间世④，但觉乾坤水上萍。⑤

①"夜梦"句：南朝·宋·范晔《后汉书·皇后纪》："（邓）后尝梦扪天，荡荡正青，若有钟乳状，乃仰嗽饮之。以讯诸占梦，言尧梦攀天而上，汤梦及天而咶之，斯皆圣王之前占，吉不可言。"

②冥冥：高远貌。汉·扬雄《法言·问明》："鸿飞冥冥。"

③千年走马：唐·李贺《梦天》诗："更变千年如走马。"

④人间世：人世。《庄子》有《人间世》篇。南朝·齐·王融《法乐辞》诗："且厌人间世。"

⑤"但觉"句：唐·杜甫《衡州送李大夫七丈勉赴广州》诗："日月笼中鸟，乾坤水上萍。"

【笺】

李贺有《梦天》诗曰："老兔寒蟾泣天色，云楼半开壁斜白。玉轮轧露湿团光，鸾佩相逢桂香陌。黄尘清水三山下，更变千年如走马。遥望齐州九点烟，一泓海水杯中泻。"饶公此诗前半的风调颇似李诗，修辞则近于宋格，"扪天"用《后汉书》典，将史语裁成诗语，这是宋诗诸大家皆擅长的手段，饶公于宋诗亦用力颇深，于此可见一斑。后半则熔杜甫、李贺于一炉，言千年人间世，亦只如走马般转瞬即逝，但觉得地球在宇宙之中，只如水上一叶飘萍而已。此诗在化用、组织上很有一套，颇具匠心，这也是饶诗一个显著的特色。

连夕①风雨不寐

（四首选二）

何物煮愁能得熟，②深宵虚负短檠灯③。
安排纸笔刚成句，穿屋斜风冷可憎。

①连夕：连续几夜。金·元好问《续夷坚志·石桩火出》："泰和八年冬，京师大悲阁前幡竿石桩缝间连夕火出，四十余日乃止。"

②"何物"句：南北朝·庾信《愁赋》："何物煮愁能得熟。"

③短檠灯：小灯。唐·韩愈《短灯檠歌》诗："墙角君看短檠弃。"

【笺】

此组诗为饶公于连夜风雨中失眠之作，格调比较伤感，这是第二首，写的是诗的创作经验。首句直用庾信《愁赋》之句，盖其时诗人正处深愁之中，无暇修饰字句，忽忆庾信之句，觉得深合"我"心，有如己出，乃借以起兴。因为愁太多而又无法排遣，因而彻夜不寐，独对小灯，然而夜长灯短，人何以堪，次句的"虚负"二字点出一种无可奈何的心情。因为心情颇为恶劣，故引出后半，刚想安排纸笔写首诗打发心情，却有阵阵斜风穿屋而入，寒意逼人，实在令人讨厌。刚用纸笔排遣了一点愁，没想到又被冷风惹来无数愁。奈何！奈何！此诗取景当下，随笔写去，无暇修饰，便将愁心托出，笔墨已化，故自然而然，毫不滞涩。

无花何事雨仍狂，树杪①波涛欲撼床②。
谁向蓬莱舾③海水，海空水尽是何乡？④

①树杪：树梢。唐·杜审言《蓬莱三殿侍宴奉敕咏终南山应制》诗："树杪玉堂悬。"
②波涛欲撼床：宋·黄庭坚《题落星寺四首》诗："醉客夜愕波撼床。"
③舾：汉·许慎《说文解字》："舾，挹也。"
④"海空"句：饶公自注："杜牧诗：'水尽到底看海空。'"

【笺】

首句沉痛至极，雨已将花全部摧毁，都没有花可以再摧了，可雨为什么还如此狂暴呢？这个反问非常有力，属于从反面切入的写法，如果直写成"百花摧尽雨仍狂"，那力量就要逊色得多。第二句点明地点是在海边，暴风雨来时，觉得树梢的波涛都要撼动床了。后半虚晃一枪，宕开一笔：谁能向仙境蓬莱挹海水，问问海空水尽之处到底是什么地方？现实已无净土，所以欲另求一"彼岸"，可是这"彼岸"又在何方呢？全诗都充满着一种迷茫的失落，令人不忍卒读。

口占赠畸斋①

韦诞张芝②去不回，书林谁复辟蒿莱③。
为君重咏出师颂④，应有昆仑入梦来。⑤

①畸斋：即王敦，国民政府搬迁台湾前担任浙赣铁路局事务科长。与溥儒过从密切，擅书法。
②韦诞（179—253）：字仲将，三国魏书法家、制墨家，京兆（今西安）人。张芝（？—约192），字伯英，东汉大书法家，韦诞称之为"草圣"。敦煌郡渊泉县（今甘肃省瓜州县东）人。汉·赵岐《三辅决录》："（韦诞）因奏曰：'夫工欲善其事，必先利其器，用张芝笔、左伯纸及臣墨，兼此三具，又得臣手，然后可以逞径丈之势，方寸千言。'"
③辟蒿莱：辟草开路，指开创。明·李梦阳《灵武台》："肃宗曾此辟蒿莱。"
④出师颂：书法名帖《出师颂》，纸本，章草书，一般认为由西晋索靖书。

⑤ "应有" 句：饶公自注："往日昆仑关大捷，出君奇策。"按：昆仑关，在今广西省邕县东北昆仑山上，1939 年冬，国军曾于此大败日寇，截断日寇进犯大西南的通道，史称"昆仑关大捷"。

【笺】

饶公与溥儒交情甚好，曾和其《龙壁赋》。溥儒后居台湾，某次来香港，云是为食蟹而来，饶公为其作《蟹赋》，足称韵事。王敦是国民党的军政人员，与溥儒过从甚密，也是饶公的好友。此诗应是席间口占赠王氏之作。前半用韦诞、张芝两位古代书法名家作衬托，说韦、张之后，书林正待畸斋这样的高手再辟新路。后半联系畸斋的经历，饶公自注曰："往日昆仑关大捷，出君奇策。"可见畸斋是文武全才，曾在抗战中立下赫赫战功。故第三句以西晋索靖所书《出师颂》来比拟之，有赞赏其书法、战功的双重含义。结句以"昆仑入梦"来象征其豪情壮志，诵之满纸生风，令人想见其人，可谓不着一字，尽得风流。

凤凰山雾中涌现

云窗雾阁①隐楼台，草树青青簇四隈②。
休向荆关③搜画本④，此山无语忽飞来。⑤

①云窗雾阁：唐·韩愈《华山女》诗："云窗雾阁事慌惚。"
②四隈：四周。南朝·宋·萧统《文选·左思〈魏都赋〉》："考之四隈，则八埏之中。"张载注："隈，犹隅也。"
③荆关：五代画家荆浩、关仝师徒以擅画山水齐名，故并称"荆关"。宋·梅尧臣《观邵不疑学士所藏名书古画》诗："山水树石硬，荆关艺能至。"
④画本：绘画的范本。宋·陆游《舟中作》诗："村村皆画本，处处有诗材。"
⑤ "此山" 句：清·舒位《月夜出西太湖作》诗："半夜横风吹不断，青山飞过太湖来。"康有为《挪威海道，万岛飞绿，扑入船中，得鲜虾，与同壁及罗昌饮酒。罗生睹吾发半白，谓五年前无此，为之叹吾之老，为之太息弥襟，口占赠罗生》诗："好山缥缈欲飞去。"飞来，即杭州飞来峰，相传印度僧人慧理来杭州，见此峰惊曰："此乃天竺国灵鹫山之小岭，不知何以飞来？"因称之为飞来峰。

【笺】

前半写"凤凰山"，后半写"雾中涌现"。精彩之处在后两句，诗人没有直写，没有正面刻画凤凰山如何在雾中涌现，而是旁敲侧击，感叹说不用去搜荆浩、关仝的画本了，眼前的凤凰山"无语忽飞来"，就是一幅绝好的山水画。"忽飞来"真能传"雾中涌现"之神，是为点睛之笔。

流浮山①即事

（三首选一）

瓯脱②天令③限海山，一旗高揭④白云间。
横流沧海⑤兹应尽，乍见遥山亦解颜⑥。

①流浮山：位于香港新界西北后海湾畔。其南面的白泥海滩，是观赏夕阳晚景的理想之地。在其北面海边的尖鼻咀，可眺望对岸的深圳和蛇口。

②瓯脱：边地，边境。宋·陆游《送霍监丞出守盱眙》诗："空闻瓯脱嘶胡马。"

③天令：上天使令。宋·王逐《敬亭山检受御书》："晋宋风流自不凡，天令此地为回环。"

④高揭：犹高竿。唐·袁郊《甘泽谣·红线》："出魏城西门，将行二百里，见铜台高揭，而漳水东注。"

⑤横流沧海：海水四处奔流。比喻政治混乱，社会动荡。沧海：指大海；横流：水往四处奔流。《春秋谷梁传序》："孔子睹沧海之横流。"杨士勋疏："旧解引扬雄《剧秦》篇曰：'当秦之事，海水群飞。'海水喻万民，群飞言散乱。又引《孟子》云：'当尧之世，洪水横流。'言不复故道，喻百姓散乱，似水之横流；今以为沧海，是水之大者。沧海横流，喻害万物之大，犹言在上残虐之深也。"

⑥解颜：开颜欢笑。《列子·黄帝》："自吾之事夫子友若人也……五年之后心庚念是非，口庚言利害。夫子始一解颜而笑。"

【笺】

前半状流浮山之景，山立海角，高逼云间。后半是在山上的"即事"，也就是由登山即景而引发出自己的感慨：这里已是天涯海角，沧海横流至此应该是尽头了吧，所以当我突然见到遥山的时候，也为之开颜一笑。"横流沧海"原喻政治混乱，社会动荡。所以饶公此处的"横流沧海兹应尽"是有弦外之音的，寄托了他希望结束动乱，还生民一个太平天下的愿望。

雁

水国①蜗城②稻米肥，失群饥雁尽南飞。
逃愁万里真无地，③更下平沙④绕一围⑤。

①水国：水乡。宋·欧阳修《南乡子》词："水国凉生未是寒。"
②蜗城：稻田多蜗牛，故曰"蜗城"。
③"逃愁"句：宋·刘克庄《逃愁》诗："中国醉乡隔万里，岂无寸地可逃愁。"
④平沙：指广阔的沙原。南朝·梁·何逊《慈姥矶》诗："野雁平沙合。"
⑤一围：一圈。唐·李商隐《北齐二首》诗："更请君王猎一围。"

【笺】
    此首是饶公借"雁"来写他那一代人流亡海外的身世之感。首句用"水国蜗城稻米肥"来喻一个可以安定生活的环境，为了获得这样一个环境，人如"失群饥雁"纷纷南飞，由北而南迁，再由南迁而漂移海外，不正是那些流亡之人的写照吗？可是最终海外也不是安居之地，因此有了后半的"逃愁万里真无地"，世界之大，竟无一寸容身之地，这只"孤雁"只能绕着平沙又转了一圈，还是找不到可以停栖之处。这是一个时代悲剧的写照。

    以雁来写战乱中离人之苦，唐人杜牧有《早雁》诗："金河秋半虏弦开，云外惊飞四散哀。仙掌月明孤影过，长门灯暗数声来。须知胡骑纷纷在，岂逐春风一一回？莫厌潇湘少人处，水多菰米岸莓苔。"陆龟蒙有《雁》诗："南北路何长，中间万弋张。不知烟雾里，几只到衡阳？"饶公此诗可以鼎足为三。

僧道骞楚辞音① 残卷

吉光②照眼动湘灵③，啼鴂④先秋涕自零。
故训⑤于今多纬缅⑥，骊虬⑦容我叩冥冥⑧。

①僧道骞：隋代僧人。楚辞音：宋·欧阳修等《新唐书》载隋·僧道骞《楚辞音》一卷。
②吉光：古代传说中的神兽名。一说神马名。汉·东方朔《海内十洲记·凤麟洲》："吉光毛裘，黄色，盖神马之类也。裘入水数日不沉，入火不燋。"

③湘灵：古代传说中的湘水之神。战国·楚·屈原《楚辞·远游》："使湘灵鼓瑟兮，令海若舞冯夷。"洪兴祖补注："此湘灵乃湘水之神，非湘夫人也。"一说为舜妃，即湘夫人。南朝·宋·范晔《后汉书·马融传》："湘灵下，汉女游。"李贤注："湘灵，舜妃，溺于湘水，为湘夫人。"

④啼鴂（jué）：即杜鹃。战国·楚·屈原《楚辞·离骚》："恐鹈鴂之先鸣兮，使夫百草为之不芳。"

⑤故训：训诂。汉·班固《汉书·艺文志》："《毛诗故训传》三十卷。"宋·洪迈《容斋四笔·诸家经学兴废》："《毛诗》者出于河间人大毛公，为之故训，以授小毛公。"

⑥纬繣（huà）：乖庚，相异不合。战国·楚·屈原《楚辞·离骚》："纷总总其离合兮，忽纬繣其难迁。"汉·王逸注："纬繣，乖庚也。"

⑦驷虬：《楚辞·离骚》："驷玉虬以乘鹥兮，溘埃风余上征。"宋·洪兴祖补注："言以鹥为车，而驾以玉虬也。"

⑧冥冥：高远貌。战国·楚·屈原《楚辞·九辩》："尧舜之抗行兮，瞭冥冥而薄天。"

【笺】

隋代僧人道骞著有《楚辞音》一卷。饶公精于楚辞学研究，先后有《楚辞地理考》《楚辞书录》等著作。得见道骞《楚辞音》残卷，饶公非常兴奋，写下此诗，以志欣忭之情。首句以"吉光"喻道骞的著作，吉光是传说中的神兽，成语有"吉光片羽"，指神兽吉光身上的一片毛，常用来比喻残存的艺术珍品。此诗的"吉光"便是借此意，言道骞的《楚辞音》残卷有如吉光片羽，照人眼目，足可感动湘灵。第二句化用《离骚》句，写出一种忧患之感。后半言历代有关楚辞的注释，实有许多错误之说，如今得见道骞《楚辞音》，恰可正本清源，诗人也将追步道骞，驾着驷虬驰骋于冥冥的天际。言外之意，是要继承绝学，重新对楚辞作出正确的解释。

子期①以手摹楚简②见贶③，报之以诗

残赗④千年不化烟，更能留命待桑田⑤。
天教疏凿词源手⑥，为补秦官博学篇⑦。

①子期：即罗福颐（1905—1981），字子期。祖籍浙江上虞，生于江苏淮安，罗振玉之子。古文字学家、金石学家。笔名梓溪、紫溪，七十后自号倦翁。历任北京大学文科研究所讲师、文化部副研究员和业务秘书、文化部国家文物局咨议委员会委员、中国考古学会理事、中国古文字学会理事、杭州西泠印社理事等。擅长古文字研究，研究范围涉及青铜器、古玺

印、战国至汉代竹木简、汉魏石经、墓志乃至尺度、量器、镜鉴、银锭等。著述多达123种。

②楚简：楚地出土的简帛书，所书为战国楚国文字。

③见贶：见赠。唐·皮日休有《临顿宅将有归于之日鲁望以诗见贶因抒怀酬之》诗。

④残赗：指古墓留存的器物。赗：古代送丧者助葬的车马束帛等物。

⑤留命待桑田：唐·李商隐《海上》诗："直遣麻姑与搔背，可能留命待桑田？"

⑥疏凿词源手：清·朱孝臧《望江南·题茗柯词》："自是词源疏凿手，横流一别见淄渑。"

⑦秦官博学篇：秦始皇初兼天下，丞相李斯奏罢其不与秦文合者，于是把原来的史籀大篆简化成小篆，由李斯作《仓颉篇》，赵高作《爰历篇》，胡毋敬作《博学篇》，这三部书既作为学童的识字课本，又是推行小篆的范本。

【笺】

子期即罗福颐，罗振玉之子，著名的古文字学家，他以手摹楚简送给饶公，饶公特写此诗以谢之。首句是写罗福颐汲汲于地下出土的古文字器物的研究。罗福颐"文革"曾长期蹲牛棚，"文革"后已是风烛残年，犹著述不辍。故饶公称是天教他这样的"疏凿词源手""留命待桑田"，来补秦代《博学篇》之未及者。言外之意，是称赞他在古文字学方面的巨大贡献，这是一个很高的评价。

题听雨楼杂笔为高伯雨①

（六首选三）

末世②同为膏火煎③，无锥可立④但青毡⑤。
丝窠缀露⑥曾何益，须悔当年学草玄⑦。

①高伯雨：(1906—1992)，名秉荫，又名贞白，笔名林熙、倚筠，广东澄海人。高伯雨久居香港，以卖文为生。香港多雨，因平生喜雨，故笔名伯雨。他以"听雨楼"命名的散文随笔多达八集，被称为"掌故名家"。

②末世：指一个朝代衰亡的时期。《易·系辞下》："《易》之兴也，其当殷之末世，周之盛德邪？"

③膏火煎：晋·阮籍《咏怀》诗："膏火自煎熬。"

④无锥可立：《庄子·盗跖》："尧舜有天下，子孙无置锥之地。"形容连极小的一块安身之处都没有。《五灯会元·香严智闲禅师》："师又成颂曰：'去年贫未是贫，今年贫始是贫。去年贫，犹有卓锥之地，今年贫，锥也无。'"

⑤青毡：宋·李昉等《太平御览》卷七百零八引晋·裴启《语林》："王子敬在斋中卧，偷人取物，一室之内略尽。子敬卧而不动，偷遂登榻，欲有所觅。子敬因呼曰：'石染青毡是

我家旧物，可特置否？'于是群偷置物惊走。"按，《晋书·王献之传》也载此事。后遂以"青毡故物"泛指仕宦人家的传世之物或旧业。

　　⑥丝窠缀露：蜘蛛网上缀着露珠。宋·黄庭坚《戏呈孔毅父》诗："文章功用不经世，何异丝窠缀露珠。"丝窠：蜘蛛网。

　　⑦草玄：指汉·扬雄作《太玄》。汉·班固《汉书·扬雄传下》："哀帝时，丁、傅、董贤用事，诸附离之者或起家至二千石。时雄方草《太玄》，有以自守，泊如也。"后遂以"草玄"谓淡于势利，潜心著述。

【笺】

　　高伯雨为香港潮籍著名作家，是饶公的同乡好友。高氏著有《听雨楼随笔》，饶公为其题诗六首，这是其中之一。首句言与高伯雨同处此膏火相煎的末世，可谓同是天涯沦落人。次句言高伯雨已贫无立锥之地，像当年的王子敬一样只有旧物青毡相随。后半用黄庭坚诗意和扬雄典故，慨叹高伯雨为文，就像蜘蛛网上缀着露珠，功用难显，高伯雨应该很后悔当年选择了这样一条如扬雄草玄般的著述之路吧。

入简星荧故不光，窥人残蠹阅沧桑。
蟠胸五十年来事，剩与河桥说辩亡。①

　　①"剩与"句：晋·陆机有《辨亡论》，论东吴为何灭亡，收录于《三国志·吴书·三嗣主传》裴松之的引注当中。唐·房玄龄等《晋书·陆机传》："成都王颖推功不居，劳谦下士。机既感全济之恩，又见朝廷屡有变难，谓颖必能康隆晋室，遂委身焉。颖以机参大将军军事，表为平原内史。太安初，颖与河间王颙起兵讨长沙王乂，假机后将军、河北大都督，督北中郎将王粹、冠军牵秀等诸军二十余万人。……列军自朝歌至于河桥，鼓声闻数百里，汉、魏以来，出师之盛，未尝有也。长沙王乂奉天子与机战于鹿苑，机军大败，赴七里涧而死者如积焉，水为之不流，将军贾棱皆死之。……颖大怒，使秀密收机。……因与颖笺，词甚凄恻。既而叹曰：'华亭鹤唳，岂可复闻乎！'遂遇害于军中，时年四十三。"宋·欧阳修等《新唐书·魏元忠传》："养由基射能穿札，不止鄢陵之奔；陆机识能辨亡，无救河桥之败。"

【笺】

　　诗的前半写高伯雨的文章乃是阅尽沧桑之作。高伯雨以擅写掌故著称，故后半就此着笔，用陆机河桥败亡之典，来暗示高伯雨所著文章皆有关五十年来历史人物的成败得失。高伯雨以史家之笔写当代掌故，是难得一见的警世之文，饶公可谓是其知音。

人间凄断雍门琴[①]，谁识清言画里心。
白眼[②]看人浑欲老，一编苦道去来今[③]。

①雍门琴：相传雍门子周以善琴见孟尝君。孟尝君曰："先生鼓琴亦能令文悲乎？"雍门子周曰："臣何独能令足下悲哉……然臣之所以足下悲者一事也。夫声敀帝而困秦者君也，连五国之约南面而伐楚者又君也。天下未尝无事，不从则横。从成则楚王，横成则秦帝，楚王秦帝，必报仇于薛矣。夫以秦楚之强而报仇于弱薛，譬之犹摩萧斧而伐朝菌也，必不留行矣。天下有识之士无不为足下寒心酸鼻者，千秋万岁之后，庙堂必不血食矣！"孟尝君闻之悲泪盈眶。子周于是引琴而鼓，孟尝君增悲流涕曰："先生之鼓琴，令文立若破国亡邑之人也。"见汉·刘向《说苑·善说》。晋·陈寿《三国志·蜀志·郤正传》："雍门援琴而挟说，韩哀秉辔而驰名。"后遂以"雍门琴"指哀伤的曲调。

②白眼：露出眼白。表示鄙薄或厌恶。唐·房玄龄等《晋书·阮籍传》："籍又能为青白眼，见礼俗之士，以白眼对之。"唐·王维《与卢员外象过崔处士兴宗林亭》诗："白眼看他世上人。"

③去来今：佛教语，指过去、未来、现在。唐·窥基《大乘法苑义林章记》卷一："去来今三，是时一切。"宋·苏轼《过永乐文长老已卒》诗："一弹指顷去来今。"

【笺】

此首写高伯雨以世家子弟而后成为掌故家，其写作阅透世情，凄断人魂。首句用雍门琴之典，奠定了全诗的悲凉基调。孟尝君闻雍门子周鼓琴而悲泣，而今饶公读高伯雨之文章，亦如闻雍门之琴。第二句言高伯雨文章清言画心，世罕知音。高伯雨善画，故有"画里心"之说。第三句用阮籍白眼的典故，并用王维"白眼看他世上人"之诗意，状高伯雨的狂态，"浑欲老"则是写狂生老去，奈岁月何！以引出末句"一编苦道去来今"，这是对高伯雨写作状态的知己之言。一"苦"字，正堪回味。后来卢玮銮为高伯雨众书重刊而写的《一编苦道去来今》，标题便是借用饶公的诗句。可见饶公与高伯雨相知之笃，以及饶公赠高伯雨诗之深入人心。

中秋前一夕洪煨莲[①]丈招饮康桥别业[②]

圆月高时叶始黄，白头酒兴尚轻狂。
初来林馆[③]讴吟地，共听秋声说故乡。

①洪煨莲：洪业（1893—1980），字鹿岑，谱名正继，号煨莲（William）。福建侯官（今福建省闽侯县）人，著名历史学家。1915年赴美留学，1917年获美国俄亥俄州韦斯良大学文学学士学位，1919年获哥伦比亚大学文学硕士学位。1920年毕业于哥伦比亚大学协和神学院，获神学学士学位。洪煨莲博闻强识，治学严谨，毕生致力于教育和中西文化交流事业，历任燕京大学历史系教授、文理科科长、研究院历史学部主任。1946年赴美，任哈佛大学东亚语文系研究员。

②别业：别墅。晋·石崇《思归引序》："晚节更乐放逸，笃好林薮，遂肥遁于河阳别业。"

③林馆：林园馆宇。唐·韩愈《独钓》诗："侯家林馆胜，偶入得垂竿。"

【笺】

饶公在《饶宗颐学述》中有一段述及与洪煨莲交往的记录："威廉·洪（洪煨莲）看到过我的《想尔注》，他有一篇文章还引用了我的文字。他对杜诗下了很大的功夫，我对杜诗的功夫没有他深。我跟他聊天时，知他在搞《元朝秘史》，因为在哈佛有一个教授叫克里弗，懂蒙古文，写了不少文章，引用很多蒙古文，造诣很高。洪每天与克里弗见一次面，写论文，谈《元朝秘史》的版本等。后来他来过香港，我们还见过几次面。"

由题目可见，此诗主旨、时间、地点、人物、事件皆已言明。诗的内容正是对此次招饮的描绘。题目点明时间为中秋节之前夕，首句言明月已是圆满高挂。此景之下是两位白发老翁对月共酌。虽然二人皆已白头，但趁着如此酣畅之酒兴，人老而心不老，内心情志仍然鲜活饱满。后两句承上而转，暗用宋人王禹偁《村行》中"何事吟余忽惆怅，村桥原树似吾乡"之意，写二人畅饮之背景，都是初来林馆，在秋天飒飒的落叶声中，在秋风声中，彼此倾诉思恋故乡之情，谈起故乡则酒兴更浓。

初见楚缯书于纽约戴氏家①

一卷居然敌楚辞，渚宫②旧物自无疑。
暮从玄月③萌秋兴，遥想洞庭叶脱时。④

①楚缯书：即楚地出土的缯书，一般称为帛书。分为三部分内容：天象、灾变、四时运转和月令禁忌。其内容丰富庞杂，中间是文字，周围一圈内容为鬼神草木，是特殊绘画艺术品。它不仅载录了楚地流传的神话传说和风俗，而且还包含阴阳五行、天人感应等方面的思想。戴氏：即戴润斋（1910—1992），原名戴福保。江苏省无锡市人。1949年4月，戴润斋与

②渚宫：春秋时楚国的宫名，故址在今湖北省江陵县。战国·鲁·左丘明《左传·文公十年》："（子西）沿汉溯江，将入郢，王在渚宫下，见之。"

③玄月：夏历九月。战国·鲁·左丘明《国语》："至于玄月，王召范蠡而问焉。"三国·吴·韦昭注："九月为玄。"

④"遥想"句：战国·楚·屈原《湘君》："洞庭波兮木叶下。"

【笺】

关于此诗的写作背景，饶公在其《饶宗颐学述》一书中回忆说："纽约戴氏是个生意人。柯克思（Cox）因没有钱，又做不出论文来，就把他手上这张楚帛书抵押给戴氏，这样，我就看到原件了，我还写诗提到此事。……楚帛书后来入华盛顿博物馆，卖了十万美金。"［按：抗战后，楚帛书由蔡季襄携至上海，旋由美国人柯克思（John Hadtey Cox）带至美国，初存于耶鲁大学图书馆，继入藏于弗利亚美术馆。1963 年，楚帛书寄存于纽约大都会博物馆，1964 年，易主为纽约戴氏所存。饶宗颐在戴处获睹原物，并据以写成《楚缯书十二月名核论》］

楚缯书包含了极其丰富的历史文化内涵，它的出土对于楚文化的研究有着重大意义。饶公在诗的前半感叹道，光此一卷楚缯书便可与《楚辞》相提并论，这毫无疑问是楚国的旧物。楚缯书刚出土时，有人怀疑其真实性，饶公著文论证其为真迹无疑，故诗中有此一叹。第三句是化用楚缯书中的内容，饶公《楚缯书十二月名核论》曰："玄司秋……《国语》：'至于玄月，王召范蠡而问焉。'玄月一名见此。郭景纯引之注《尔雅》。"楚缯书中有"玄司秋"之说，刚好跟《国语》相互印证。所以，饶公说："突然看到楚缯书有关'玄月'的记载，使我萌发了秋兴，遥想到屈原《湘君》中的'洞庭波兮木叶下'的意境。"此诗是饶公研究楚缯书的另一种心得，如果说论文是逻辑理智的表达，那么这首诗则是诗化情感的表达。饶公兼诗人、学者于一身，这首诗便是一个很好的说明。

波士顿① 读画·赵令穰② 江村图卷

凫雁荒陂③意自谙④，赵家风味在江潭。

开图但见秋无际，一片垂杨似汉南。⑤

①波士顿：美国马萨诸塞州的首府和最大城市，位于美国东北部大西洋沿岸，创建于1630 年，是美国的历史文化名城。

②赵令穰：北宋画家。字大年，汴京（今河南省开封市）人，生卒年不详，宋太祖赵匡

胤五世孙。官至光州防御使、崇信军观察留后，卒赠"开府仪同三司"，追封"荣国公"。

③凫雁荒陂：宋·孔武仲《从太守黄公登西湖待月台》诗："当时常侍传呼处，只有荒陂凫雁声。"荒陂：荒潭。

④自谙：自知。唐·郎士元《盖少府新除江南尉问风俗》诗："吴越风烟到自谙。"

⑤"一片"句：用桓温典。南朝·宋·刘义庆《世说新语·言语》："桓公北征，经金城，见前为琅邪时种柳，皆已十围，慨然曰：'木犹如此，人何以堪！'攀枝执条，泫然流泪。"南北朝·庚信《枯树赋》："昔年种柳，依依汉南。今看摇落，凄怆江潭。树犹如此，人何以堪。"

【笺】

饶公在美国波士顿博物馆看到宋代画家赵令穰的《江村图卷》，感慨万千，遂写下此诗。赵令穰传世作品极少，只有《汉宫图》《阿阁图》《万松金阙图》等数幅。能在美国见到赵令穰的另一幅作品《江村图卷》，实在是弥足珍贵。《饶宗颐学述》曰："波士顿藏画很多，早期是通过日本人来收藏的，有很多宋画。"这就是其中的一幅宋画精品。饶公此诗只就其画面意境写去，首句的"凫雁荒陂"既是借用宋人孔武仲的诗意，又是赵令穰画中的实景。"意自谙"点出饶公的知音之感。赵令穰是宋朝王室的后裔，故第二句称其画意为"赵家风味"，皇家的风味竟在画中的江潭之中，一方面称赏赵令穰虽贵为皇胄，但别具江湖萧散之怀抱；另一方面亦点出此画虽是一幅江村图卷，但富有一种皇家的雍容之气，这就是所谓的"赵家风味"。后半用晋人桓温典，生出无限感慨。东晋的宰相桓温北伐中原时，见到当年年轻时在汉南手植的柳树皆已有十围之大，乃发出"木犹如此，人何以堪"的千古一叹。生命何其遄急，稚柳转眼便成老木，树都如此，何况人呢！饶公读赵令穰的画，但见画中一片无边无际的秋象，画中的垂柳，令人想起当年桓温的对柳之叹。这是饶公鉴赏的独特之处，也融入了他自身的文化情怀和生命精神。饶公以诗心读画，激活了画的意境，也增添了画的内涵。

北美飞东京① 途中作

梦觉千山又一方，奋飞不用叹迷阳②。
忽从鸦背临朝日③，始见峰头是故乡。④

①北美飞东京：从美国飞往日本东京。

②迷阳:《庄子·人间世》:"迷阳迷阳,无伤吾行。"王先谦集解:"谓棘刺也,生于山野,践之伤足,至今吾楚舆夫遇之犹呼迷阳踬也。"

③鸦背临朝日:唐·温庭筠《春日野行》诗:"鸦背夕阳多。"

④"始见"句:唐·柳宗元《与浩初上人同看山寄京华亲故》诗:"若为化得身千亿,散向峰头望故乡。"

【笺】

此首为饶公从美国赴日本,在飞机上思念故国之作。首句言一梦初觉,已经是飞越万里,来到地球的另一边了。第二句用庄子迷阳典,迷阳伤足,以喻不利远行,饶公一向达观,故反过来说此行自能奋飞,不用叹迷阳。第三句一转,言突然从鸦背天际看到朝日,这里的"朝日"既指现实的初旭,亦暗指日本。因日本古有扶桑之名,意即日出之地。末句一结,说久处北美,如今将赴日本,俯瞰亚洲大陆的巍峨山峰,终于见到了神驰已久的故乡。虽然还不能重返故国,但毕竟日本已离故国不远,差堪安慰自己的思乡之情。这是一种旁衬的写法,由写赴日本而突然笔锋一转,转到思念故国,饶公诗笔之变幻自如,于此可见一斑。

燃林房与水原琴窗①论词

丛筱②深林日欲残,渐霜枫叶不成丹。
何人解道清空意③,漫剪孤云④取次⑤看。

①水原琴窗:(1892—1976),日本著名词人、汉学家。出身于日本雅乐世家。1964年与饶公定交,二人甚为投契。

②丛筱:丛竹。唐·钱起《衡门春夜》诗:"丛筱轻新暑。"

③清空意:宋·张炎《词源》:"词要清空,不要质实。"

④孤云:宋·张炎《词源》:"姜白石词如野云孤飞,去留无迹。"

⑤取次:随便,任意。晋·葛洪《抱朴子·祛惑》:"此儿当兴卿门宗,四海将受其赐,不但卿家,不可取次也。"

【笺】

此首为饶公与日本名词家水原琴窗论词相赠之作。前半写水原的寓所燃林房的景色,他们的谈论是在一个深秋的黄昏,丛竹深林之中,落日将残,枫叶披霜,慢慢由红色变成黄色。这是一个充满诗意的画面,两位词学高手谈起了姜白石的词,姜白石词向以"清空"著称,张炎又称其词如"野云孤飞,去留无迹"，因此饶公设问曰："谁能解道姜白石的清空之意呢，眼前的水原琴窗和我都能啊，那什么是'清空意'呢？这是只能意会而不能言传的，且让我剪下天边的一缕孤云让琴窗君任意欣赏吧，所谓的'清空意'，就在此中。"

饶公曰："第二次到日本时，见到水原琴窗，他是水原江渭之父，有《琴窗词》，我到他寓所与他论词，他拿一首词叫我帮他改，很有意思的是他把改的地方都印出来，可见他对我的尊重。他知我治词，我们谈得来。"（饶宗颐述，胡晓明、李瑞明整理：《饶宗颐学述》，杭州：浙江人民出版社 2000 年版，第 50 页）

池田末利① 偕游严岛平松公园②

一路青松扑眼帘③，浮屠④海角极精严⑤。
禅心早置崎岖外，碧水遥天净可兼。⑥

①池田末利：（1910—2000），日本汉学家，《尚书》学研究权威。

②严岛平松公园：宫岛，又称"严岛"，日本广岛县西南部、广岛湾西部的岛屿。日本著名三景之一。沿平松公园台阶拾级而上，可饱览濑户内海的景色。

③眼帘：眼界。苏曼殊《断鸿零雁记》："忽残菊上有物，映余眼帘。"

④浮屠：此指严岛多宝塔（1523 年建），外形为和式建筑，内部系仿我国唐朝建筑风格，为日本国宝和重要文物。

⑤精严：精工庄严。清·董诰等《全唐文》卷九百八十八阙名《大泉院创建佛殿功德赞》："驻行役以徘徊，仰精严而赞叹。"

⑥"碧水"句：唐·杜甫《野望》诗："远水兼天净。"

【笺】

此首写饶公与友人池田末利同游日本严岛。前半状景，严岛有诸多景色，饶公只选取两个亮点来写，一为青松，一为多宝塔。并由多宝塔而引出后半的禅悟之语，虽然道路难行，但禅心早就置于崎岖之外，而观悟到另一种清净无碍的境界：远处的碧水遥天可以一统于此清净之中。饶公佛学修养深湛，此诗是其以禅入诗的佳作。

饶公曰："池田末利是礼学家，我和他在广岛大学认识。他中过原子弹的弹片，现在还健在，这很奇怪。他现在受我的影响治甲骨，与我年纪相仿。"（饶宗颐述，胡晓明、李瑞明整理：《饶宗颐学述》，杭州：浙江人民出版社 2000 年版，第 50、51 页）

过牛田①访故友斯波六郎②旧居

遗札摩挲③一怆神，回黄转绿正萧晨。
三山双叶④情如昔，六代征文又几人。⑤

①牛田：日本广岛东区牛田。
②斯波六郎：（1894—1959），字皆月，日本学者，日本石川县凤至郡人，广岛大学教授，精于《文选》学研究。
③摩挲：抚摸。《释名·释姿容》："摩娑，犹末杀也，手上下之言也。"南朝·宋·范晔《后汉书·方术列传下·蓟子训》："后人复于长安东霸城见之，与一老公共摩挲铜人。"
④三山双叶：饶公自注："皆附近山名"。
⑤"六代"句：饶公自注："君为日本选学巨擘"。

【笺】

饶公与日本汉学界交流颇多，斯波六郎便是其中一位。饶公再访日本，过斯波六郎旧居，而好友已逝世，此首为纪念亡友之作。首句言摩挲好友的遗文、遗著，不禁为之伤感。第二句以"回黄转绿"点明此时是回春的时节，可惜斯人已逝，如此清晨亦觉萧条。后半从其故居周围的三山、双叶山写起，以见青山长待之情。斯波六郎精于《文选》学，是日本的选学巨擘，《文选》学研究的主要对象是六朝文。斯波六郎一逝世，学界顿失一硕望，故有"六代征文"今剩几人之叹。全诗情见乎辞，表达了饶公对亡友的深切哀悼。

偶读宋珏①诗句"他日相思如读画"，
记年时于碧寒②家中观比玉题字，
远隔千里，因赋短句分寄港中诸画友

来时雨雪半遮云，别后西风怅失群。
剩觉相思如读画，明年秋水再逢君。

①宋珏：（1576—1632），字比玉，号荔支子、浪道人、国子仙，今福建省莆田市人，诗文、书画、篆刻俱佳，有"琴心""酒德""书圣""画禅"之称。
②碧寒：未详其人。

【笺】

1968 年至 1973 年，饶公应新加坡大学之聘，就任其中文系首任讲座教授、系主任。此首便是身在星洲，想起从前在好友碧寒家中观赏明人宋珏的诗和题字，触景生情，思念香港诸友之作。首句的"来时雨雪半遮云"，预示着此行的艰难，饶公曾说："我在新加坡时心情不太好。那个时候新加坡政府压中国文化。……我是那里唯一的中文系教授，而那里却又根本不提倡中国文化，只提倡中国语，没有'文'，学学华语就够了。他们那时害怕中国文化。时代的转变非常有意思。所以我的诗集取名为《冰炭集》，这跟当时的心情有关。"（胡晓明：《饶宗颐学记》，潮州：潮州饶宗颐学术馆 1995 年版，第 44 页）所以饶公来到新加坡之后，颇有孤雁失群之感。后半由宋珏的诗句"他日相思如读画"，而引发出对香港友人的强烈思念，由此而萌生归意，便带出了末句的"明年秋水再逢君"。东晋的张翰因秋风而起莼鲈之思，如今饶公读诗而起归乡之念，这都是传统文化中极有情的一面。翌年，饶公便真的举家北归了。

初食高丽蓟①

（三首）

密瓣层层意自深，新蓬初剥见同心。
从君咬遍春边醉②，后夜③相思那可寻。

①高丽蓟：饶公自注："法语名 Artichant，俗云：'Avoir Un Coeur d'Artichant。'喻人心如此草，一时易以钟情，戏为诗咏之。"
②咬遍春边醉：饶公自注："汉俗古有咬春之习，清·姚燮咏春饼'一枝春'词云：'指村帘、有客春边寻醉。'"按：立春日吃萝卜、春饼，称为"咬春"。民间在立春日要吃一些春天的新鲜蔬菜，既为防病，又有迎接新春之意。唐《四时宝镜》："立春日，食芦菔、春饼、生菜，号'春盘'。"清·张焘《津门杂记》："立春日，食紫色萝卜，啖饼，谓之咬春。"
③后夜：后半夜。唐·刘长卿《喜鲍禅师自龙山至》诗："猿声知后夜，花发见流年。"

【笺】

此诗围绕初食高丽蓟的感受展开。首句"密瓣层层"写高丽蓟之形，"意自深"由形入神，层层密瓣是因为意深，由此已可见饶公咏物而不止于物。第二句写拨开那密瓣，高丽蓟深藏的心与"我"心是一样的，深沉而内敛。第三句写食高丽蓟之情态如咬春一样，是醉人的，又或者，更多的是食高丽蓟之人的自醉，诗境至此已风神摇曳。第四句则于此宕开一笔，再次超脱于高丽蓟的物形之外，由高丽蓟之喻语再延伸开去，与意深、同心相扣，述及相思至后夜已不可寻，情致层层推进，形神交合，自然而不造作。

横波①无赖②是阿侬③，抽尽茧丝意更慵。
调以白盐掺素手，世间何物似情浓。

①横波：比喻女子眼神流动，如水横流。南朝·梁·萧统《文选·傅毅·舞赋》："眉连娟以增绕兮，目流睇而横波。"李善注："横波，言目邪视，如水之横流也。"

②无赖：指似憎而实爱，含亲昵意。唐·段成式《折杨柳》诗："长恨早梅无赖极，先将春色出前林。"

③阿侬：自称之词，犹言我。北魏·杨衒之《洛阳伽蓝记》："吴人之鬼，住居建康，小作冠帽，短制衣裳，自呼阿侬，语则阿傍。"也可用于称呼对方。

【笺】

此诗承第一首而来继续写初食高丽蓟。前两句为虚写，描绘了一位楚楚动人的妙龄女子食高丽蓟的慵懒情态，在这样一位女子手中，即使高丽蓟只是简单用白盐加以调味，依然滋味甚美，而蕴藏在这高丽蓟中的浓情更是无可比拟的。此诗写食高丽蓟而不止于高丽蓟，将高丽蓟背后所代表的内涵往更深处拓展，虚实结合的手法使得诗境更为意味深长。

浮香①如荠②舌留甘，红豆春来尚困憨③。
还向东风将酒祝，④柔肠空欲绕吴蚕。

①浮香：飘溢的香气。唐·李世民《采芙蓉》诗："风散动浮香。"

②如荠：指香如荠菜。《诗·邶风·谷风》："谁谓荼苦？其甘如荠。"

③困憨：宋·苏轼《水龙吟》词："萦损柔肠，困酣娇眼，欲开还闭。"

④"还向"句：饶公自注："吴绮句：'把酒祝东风，种出双红豆。'"

【笺】

此首继续绘写初食高丽蓟的感受。除了首句写其香味是实写之外，后面三句都是用虚笔。第二、三句化用吴绮"把酒祝东风，种出双红豆"的诗意，以红豆来衬托高丽蓟，大大提升了诗的美感。结句承接前面的红豆相思之意，烘托出一种柔情款款的意境。吴蚕能吐丝，丝者，思也，意即柔肠空欲绕相思。

以 Lilas^① 插胆瓶漫赋

（二首）

案头清供^②伴低徊，脉脉^③佳人把绣裁。
报道新晴檐雪霁，早花含蕊待春来。

①Lilas：丁香花。
②清供：清雅的供品。旧俗凡节日、祭祀时用清香、鲜花等作为供品，此指瓶花。清·黄景仁《元日大雪》诗："不令俗物扰清供。"
③脉脉：相视貌，含情不语貌。《古诗十九首》诗："盈盈一水间，脉脉不得语。"

【笺】

此首写瓶插丁香花。前半言将丁香花置于案头，诗人低徊其旁。花儿脉脉含情，就像是佳人绣裁而成一样楚楚动人。后半言这花儿还没有开放，它好像在告诉诗人檐雪已霁，天气放晴，而它这一朵含苞待放的丁香，正热切地期待着春的到来。"早花含蕊待春来"这是很有情的一句诗，寄托了诗人对美好春天的殷殷期待。

眉梢^①眼底挂垂垂^②，月榭^③烟寮晚更宜。
多少鸾笺^④愁寄与，且扶乡梦写乌丝^⑤。

①眉梢：眉毛的末尾。明·唐寅《步步娇·春景》曲："心事上眉梢，恨人归，不比春归早。"
②垂垂：低垂貌。唐·薛能《盩厔官舍新竹》诗："满风轻撼叶垂垂。"
③月榭：赏月的台榭。南朝·梁·沈约《郊居赋》："风台累翼，月榭重栖。"
④鸾笺：宋·苏易简《文房四谱·纸谱》："蜀人造十色笺，凡十辐为一榻……然逐幅于方版之上研之，则隐起花木麟鸾，千状万态。"后人遂称彩笺为"鸾笺"。
⑤乌丝：即乌丝栏。指上下以乌丝织成栏，其间用朱墨界行的绢素。后亦指有墨线格子的笺纸。唐·李肇《唐国史补》："宋亳间，有织成界道绢素，谓之乌丝栏、朱丝栏。"

【笺】

前半实写 Lilas 花，供在胆瓶之中，与诗人朝夕相对。花儿低垂之貌，若有情焉，不断展现于诗人的眉梢眼底，似乎在进行着某种情感交流。瓶花如此婉姿多姿，供在烟寮月榭之中，当夜色降临的时候，更加宜人。后半由瓶花而惹起乡梦，由实写转到虚写。思乡之情，就算写满多少彩笺都难以寄托，只能扶着乡梦，对着瓶花，在笺纸上的乌丝栏中努力摹写，希望能尽量表达出心中的感受。扶梦写乌丝的意境绝美，充满了一种文人的高雅情调，堪称销魂之句。

禅趣四首和巴壶天①

（选二首）

移花临镜自生春，祓垢②如销霁后尘③。
相去仙凡④宁尺咫，林间乞取着闲身。

①巴壶天：（1904—1987），安徽省滁县人，为中华学术院哲士。民国时，历任安徽省府秘书、贵州省民政厅主任秘书、湖南省府秘书长等职，1949 年赴台，曾先后任教于台湾师范大学、台湾大学、东海大学等校。晚年潜心于诗及禅，先后参究禅籍不下三千卷，探骊得珠，别具只眼。所撰禅学论文，皆采撷第一手资料，熔铸创见，多见载于《艺海微澜》及《禅骨诗心集》二书中。

②祓垢：祓除尘垢。清·宋祖昱《洗象行》："祓濯频加不离手，回澜一洗尘垢清。"

③霁后尘：唐·韩愈《和席八十二韵》诗："天销霁后尘。"

④仙凡：仙境与人间。元·刘因《游天城》诗："天设限仙凡。"

【笺】

巴壶天是著名的禅学家，饶公此组诗题为"禅趣"，是和巴壶天之作。首句别出心裁，本来镜花水月乃是虚幻之境，饶公偏反过来说移花临镜自然便能生春，空色之间，一念之转换而已。第二句言洗去俗尘，有如雨洗过一般，雨后初霁，尘垢尽销。后半是自问，不知自己在仙凡之间到底达到了怎样的境界，但求能够高隐林间，着此闲身，心愿已足。

水影山容尽敛光，灵薪神火①散馀香。
拈来别有惊人句，无鼓无钟作道场。

①灵薪神火：饶公自注："支遁句：'穷理增灵薪，昭昭神火传。'"

【笺】

饶公的诗，总体上有比较浓的宋派的味道。宋诗以议论胜，但写得不好就会流于迂腐，解救之道在于作者必须有理趣。此首饶公先以一句景语起兴，水影山容，光芒尽敛，仿佛山水也具有很高的道行一样。次句化用东晋高僧支遁的诗意，意谓穷通佛法就是增加"灵薪神火"，使佛教发扬光大，世代相传。第三句以"拈来别有惊人句"作转折。所谓"惊人句"就是指结句，本来作道场当有乐器钟鼓，而今无鼓无钟，靠的就是灵薪神火，与第二句遥相呼应。

学苑林杂题

（六首选二）

有绿无黄①不计年，端居②最爱此芊绵③。
忽然一夜风吹雨④，满地横流可泛船。

①有绿无黄：指终年长夏无冬。
②端居：平居。唐·姚思廉《梁书·傅昭传》："终日端居，以书记为乐。"
③芊绵：草木茂密繁盛。南朝·宋·谢灵运《山居赋》："孤岸竦秀，长洲芊绵。"
④"忽然"句：唐·岑参《白雪歌送武判官归京》诗："忽如一夜春风来。"

【笺】

此首是饶公借雨来写治学的道理。后半的理趣有类朱熹《观书有感》："昨夜江边有春水生，朦艟巨舰一毛轻。向来枉费推移力，此日中流自在行。"赵松元先生曰："三四句之理趣，从一二句'有绿无黄不计年'的'端居'中自然生发而出，正因为有长年之深爱和执着，才会忽然一夜之间，风吹雨下，出现满地横流，任船随意左右——进入自由自在之境。此似有'冰冻三尺，非一日之寒'之理，亦似有'众里寻他千百度，蓦然回首，那人却在灯火阑珊处'之意，颇耐人寻思。"（赵松元、刘梦芙、陈伟：《选堂诗词论稿》，合肥：黄山书社2009年版，第56页）

出门但见青青草，解语漫寻灼灼花。^①

惟有胡姬^②能劝客，一枝投老^③且为家。

　　①"解语"句：五代·王仁裕《开元天宝遗事》："明皇秋八月，太液池有千叶白莲数枝盛开，帝与贵戚宴赏焉。左右皆叹美，久之，帝指贵妃示于左右曰：'争如我解语花？'"灼灼：鲜明、光盛貌。《诗·周南·桃夭》："桃之夭夭，灼灼其华。"

　　②胡姬：新加坡花名。唐·李白《金陵酒肆》诗："胡姬压酒劝客尝。"

　　③投老：垂老，临老。宋·杨万里《周子及监簿挽诗二首》："投老欣相得。"

【笺】

　　此首饶公借胡姬花写客居之感，可与其《题画诗》："屏山围处合鏖诗，瓶里胡姬绝世姿。寄语玉人休劝酒，柳花不似故园时"并读。都是以胡姬花为媒介来传达诗人的思乡之情。正说是"惟有胡姬能劝客"，反说便成了"寄语玉人休劝酒"，一正一反之间，正可见饶公的矛盾心情。末句"一枝投老且为家"的写法类似于姜夔的《临安旅邸答苏虞叟》："万里青山无处隐，可怜投老客长安。""一枝"亦有出处，《庄子·逍遥游》中有"鹪鹩巢于深林，不过一枝"一句，饶公糅合而成"一枝投老"，俱见烹炼功夫。而"且为家"的"且"字非常重要，且者，暂时也，无奈而姑且也，言外之意客居不过是权宜之计。

九日

（二首）

久荒研石^①已生苔，润逼琴丝^②抚自哀。

不上层楼^③才几日，满城风雨^④送诗来。

　　①研石：磨墨的用具。古代的墨呈粒状，用时纳入砚中加水，用石研磨，此石称为研石。

　　②润逼琴丝：宋·周邦彦《大酺》词："润逼琴丝，寒侵枕障。"

　　③不上层楼：反用宋·辛弃疾《采桑子》词："少年不识愁滋味，爱上层楼，爱上层楼，为赋新词强说愁。"

　　④满城风雨：语出宋·潘大临诗句："满城风雨近重阳。"见宋·惠洪《冷斋夜话》卷四。

【笺】

　　九日即重阳节，重九登高，思乡是一个主题，从王维的《九月九日忆山东兄弟》起，就奠定了这样一种基调。饶公有多首重阳诗，每到这一天饶公都会感慨丛生。此诗前半言研石久荒生苔，则是翰墨无兴，只能弹弹古琴，本想遣愁，却反而抚弦生哀。总之，心情颇为不快。后半借用一个与重阳有关的典故。宋代诗人潘大临在重阳节那天写了一句诗"满城风雨近重阳"，忽然有人上门催租，遂败诗兴。饶公化用之，略加组装而已。重阳节自古以来在诗人心目中就是一个充满怀念的哀伤节日，王维之后，苏东坡又有"古来重九皆如此，别后西湖付与谁"的感慨，而后更增添了潘大临"满城风雨"这样充满愁情的意境，则凄凉倍之，如此风雨送来的诗，其愁苦之深就无须多言了。诗本为抒发情志而作，在饶公此诗中，诗非但没有起到排遣情绪之作用，反而使诗人自己愈加愁闷，"满城风雨送诗来"不言明心情亦不直言被送来之诗如何，而感伤自现，且更为含蓄，使读者亦为之三叹。

节到花黄①草不黄，登高随例对茫茫。
南冥②四海皆衿带③，莫问他乡与故乡。④

①节到花黄：指重阳节黄菊开花。
②南冥：南方大海。《庄子·逍遥游》："是鸟也，海运则将徙于南冥。南冥者，天池也。"
③衿带：衣带。三国·魏·曹植《闺情》诗："赍身奉衿带。"
④"莫问"句：吕碧城《民国建元喜赋一律和寒云由青岛见寄原韵》诗："莫问他乡与故乡，逢春佳兴总悠扬。"

【笺】

此诗亦紧扣重阳节思乡的主旨展开，首句言重阳节到，菊花盛开而草亦不衰。次句循此而言遵古例登高，所见之景为茫茫大地。第三句由景及情，写诗人之心情。天地虽然广阔，但"莫愁前路无知己"，四海之内总归是衣带相连，至此末句"莫问他乡与故乡"便水到渠成。末句引用吕碧城《民国建元喜赋一律和寒云由青岛见寄原韵》中的首句。吕碧城此诗是为庆贺民国建立而作，饶诗借其句而不袭其意，虽字面相同，但在饶诗中表现出来的则是一种游子心境的旷达，由思乡之愁转为四海之内皆兄弟，不必计较他乡与故乡的区别。

戊申①中秋夜月全食，鼓琴待月

凉露秋情动远空，海滨溘②舞苇条风③。
霜娥④此夕应无恙，一夕为君咒钵龙⑤。

①戊申：1968 年。
②溘：忽然。战国·楚·屈原《楚辞·离骚》："溘吾游此春宫兮。"
③苇条风：拂过芦苇之风。唐·喻凫《得子任书》诗："渔夜苇条风。"
④霜娥：即嫦娥，借指月。宋·黄裳《蝶恋花》词："还见霜娥现。"
⑤钵龙：北魏·崔鸿《十六国春秋·前秦》："僧涉者，西域人也……能以秘祝下神龙。每旱，坚常使之呪龙。俄而龙便下钵中，天辄大雨。"

【笺】

此诗写中秋月食，诗人鼓琴待月，重点在"待"字。首句由一滴小小的凉露而感受到秋情，且此秋情动辄至于远空之外。读这种诗，要感受它如何由小及大，腾挪变化。次句言海滨突然舞起了苇条风。前半的凉露秋风，都是先做一个整体氛围的渲染。后半才点出如何"待月"：月已全食，看不见了，只能想象祈祷它今晚应该没什么事吧。诗人由此而想到那个传说，咒钵龙就能下雨，下完雨天晴了月就会出来。所以诗人整晚都想为"霜娥"咒钵龙。待月之深情，至此乃全部托出。

杂题

（二首）

椰云摇梦落重柯①，芳草如茵海不波②。
白鸟声中孤叶坠，绿杨风起意如何。

①重柯：重重交叠的树林。宋·米芾《宿紫极宫》诗："重柯交荫动尘容。"
②海不波：海不扬波，指风平浪静。

【笺】

这是一首海滨的即景诗，全诗纯以白描出之：人躺在椰树下小憩进入梦乡，等醒来时，就好像是椰树上的云朵把诗人的梦从重柯上摇落一般。海边芳草如茵，海面波澜不惊，在这静谧之中，忽起白鸟声声，一片孤叶也随之而落。绿杨边吹来了一阵清风，让人顿生感慨。这"意如何"究竟是在感慨什么？诗人没有说，每一个读者都可以从诗人营造的意境中自己去体会，这就是诗的妙处。

> 湖外草青及岸齐，诗心上下极云泥[①]。
>
> 百年人事低徊遍，输向桄榔听鸟啼[②]。

①云泥：天上之云与地上之泥，形容距离极大。唐·卢僎《十月梅花书赠》诗："红颜白发云泥改。"

②"输向"句：宋·严羽《酬故见赠》诗："谁念梁园旧词客，桄榔树下独闻莺。"桄榔：常绿乔木，棕榈科植物。

【笺】

此首是湖边的即景诗。近体诗由于格律的严格要求，经常需要通过倒装的手法来安排句子，所以诗的逻辑往往不是按句子的顺序一路下来的。因此在读诗的时候要理清作者真正的逻辑顺序，才能理解诗意。像这首诗，首句直接写景，并无具体含意，是诗六义中的"兴"，即先言他物来引出真正要写的事物。故这首《杂题》的真正含意是在后三句，而这三句真正的逻辑顺序是："百年人事低徊遍"——"诗心上下极云泥"——"输向桄榔听鸟啼"。在湖边低徊，回思百年人事，诗心也随之大喜大悲，情绪波动很大，最后一切如梦幻泡影，都归于虚无，所以觉得不用再低徊了，还不如在桄榔树下听听鸟啼，远离人间的是非。

饶公很喜欢从鸟啼去悟道，这在其诗中有多次表现。像上一首的"白鸟声中孤叶坠，绿杨风起意如何。"另如《晨过野鹿苑》："谁复拈花空色相，只余幽鸟落寒声。"《题灵山寺》："望京枉费登临眼，何似灵山听鸟啼。"写法都很接近。

《南征集》

（选四首）

1972 年，印度尼西亚

Toba 湖绝句①

（二十首选四）

大荒棋布岛三千，②拍岸遥波断复连。
波外有山堪插鬓，残云疑接混茫③前。

①Toba 湖绝句：饶公自序："印尼 Danau（湖）Toba 或译作都拍湖，以 Toba 族得名，在苏门答腊之北，去棉兰一百七十四里。驱车经 Pematang Siantar（汉名先达），即抵湖区，华人呼为淡水湖。波澄如镜，群山环绕，峭壁耸立。湖长八十公里，东南亚大泽无出其右者。客岁壬子往游焉，忻然有结庐之想。去湖不远为峇达山（Batak 或译作摩达山），亦游踪所及。先后得绝句二十章，陶铸风物，澡雪精神，山水有灵，倘惊知己。聊复录之，以示同好云。"
②"大荒"句：饶公自注："印度尼西亚全境，有岛屿三千，星罗棋布。"
③混茫：广大无边之境界。唐·杜甫《瀼澦堆》诗："神功接混茫。"又，清·龚自珍《猛忆》诗："一灯红接混茫前。"

【笺】
  此首写印度尼西亚都拍湖。首句鸟瞰印度尼西亚全景，三千岛屿星罗棋布于茫茫大洋中。次句写都拍湖连绵长亘，遥波似断复连。后半由"遥波"而更进一层，把镜头推到"波外"，有遥山奇峰突起，好像一把发簪，正好供人插鬓。而更远的天边，残云缭绕，似乎要与混茫相接。此首是以"望"的视角写都拍湖的远景。

管领①湖光十日强，未输濯足问沧浪。②
天教③活国④烹鲜手⑤，来试鱼羹十里香。⑥

①管领：领受。唐·白居易《题小桥前新竹招客》诗："管领好风烟。"

②"未输"句：战国·楚·屈原《楚辞·渔父》："沧浪之水浊兮，可以濯吾足。"

③天教：上天示意，以为教诲。《晏子春秋·谏上十八》："日暮，公西面望，睹彗星。召伯常骞，使禳去之。晏子曰：'不可，此天教也。'"

④活国：犹救国。唐·李延寿《南史·王珍国传》："时郡境苦饥，（王珍国）乃发米散财以赈穷乏。高帝手敕云：'卿爱人活国，甚副吾意。'"

⑤烹鲜手：治国的能手。《老子》："治大国，若烹小鲜。"

⑥"来试"句：饶公自注："都拍湖以烤鱼著名，临湖列食肆数十。"

【笺】

前半言都拍湖十日之游非常快意，不比《楚辞》里面渔父所说的沧浪濯足逊色。后半写食鱼羹的美事，饶公自比为《老子》所称的"治大国，若烹小鲜"，天叫"我"这治国烹鲜手，来小试都拍湖这香飘十里的鱼羹。用典既大气又风趣。后半句法学曾习经《田间杂诗》："天教小试钮犁手，欲看黄淤十里秋。"

手擎苍海一杯吞，①积草由来绿不蕃。②
怕就云根③寻野烧④，蛮烟⑤合处九阳⑥奔。

①"手擎"句：唐·李贺《梦天》诗："一泓海水杯中泻。"又，唐·李商隐《谒山》诗："欲就麻姑买沧海，一杯春露冷如冰。"

②"积草"句：饶公自注："湖北面为 Sibajak 火山及 Sonahung，四周草木，因终岁硫磺所薰，皆变浅绿色。"蕃：草木茂盛。《易·坤》："天地变化，草木蕃。"

③云根：深山云起之处。晋·张协《杂诗》："云根临八极。"

④野烧：犹野火。唐·严维《荆溪馆呈丘义兴》诗："野烧明山郭。"

⑤蛮烟：指南方少数民族地区山林中的瘴气。宋·张咏《舟次辰阳》诗："村连古洞蛮烟合。"

⑥九阳：日的别称。南朝·宋·范晔《后汉书·仲长统传》："沆瀣当餐，九阳代烛。"李贤注："九阳，谓日也。"

【笺】

都拍湖北面有火山，此首正是写火山之景。首句言立于山巅，俯瞰大洋，沧海就如一杯酒，可以手擎口吞。第二句写火山四周终岁为硫黄所薰，所以草木不茂。后半写不敢到云根处去寻找野火，因为火山还在冒着蛮烟，只能远远望到蛮烟聚合之处日驰如轮。这是一幅壮观的火山落日图。

遐陬①我亦识撑犁②，风过天低与草齐。
板屋秦风③洵④足慕，衣冠尽在牛栏西。⑤

①遐陬：边远一隅。南朝·梁·沈约《宋书·谢灵运传》："内匡寰表，外清遐陬。"
②撑犁：饶公自注："撑犁，匈奴语，天也。"
③板屋秦风：《诗·秦风·小戎》："在其板屋，乱我心曲。"汉·班固《汉书·地理志下》："天水、陇西，山多林木，民以板为室屋……故《秦诗》曰：'在其板屋。'"板屋：用木板搭盖的房屋。
④洵：诚然，实在。《诗·郑风·有女同车》："彼美孟姜，洵美且都。"郑玄笺："洵，信也。"
⑤"衣冠"句：饶公自注："峇达山酋长古屋，犹保存完好。土人皆居干栏，与牛豕同处。东坡咏黎句：'家在牛栏西复西。'"此指穿着民族服装的土著。

【笺】

此首咏峇达山土著。前半将其比之为草原的匈奴，言来到边远的遐陬之地峇达山，听人们说土著话，就像听匈奴语一样，而眼前的景象也和塞外的匈奴有得一比：都是茫茫草原，草在风中摇曳，好像天也低到与草同齐。孟浩然曾写过"野旷天低树"，饶公这里也是运用了这种视线的错觉，因为草原辽阔，所以天也显得很低。后半写土著仍完好地保留着古老的风俗，其木板屋就像《诗·秦风·小戎》里所描述的板屋一样，确实令人羡慕，而人们都穿着民族服装居于干栏屋中，与牛豕同处，令人想起苏东坡咏黎民的名句"家在牛栏西复西"。

《西海集》下

（选十一首）

1976 年，法国

中峤杂咏①

（三十六首选十）

垂柳摇丝陌上新，近溪已见十分春。

了无②哀乐缠胸次③，野旷天寒不见人。

经 Montlucon④作

①饶公自序："五月二十三日，雷威安 A. Lévy 夫妇驱车载余，自巴黎至 Bordeaux 城。中间经 Loire 河行宫，遂入万山中。共行二千华里，沿途得诗卅一首。雷君谓法语三十六始为成数，因思王荆公'三十六陂秋水'，黄山谷诗'县楼三十六峰寒'，例有同然，爰足成之。以其地法语统名 Massif Central，遂命曰中峤，雷君悉译成法文，将刊行云。一九七六年六月于巴黎。"

②了无：全无。晋·葛洪《抱朴子·释滞》："空有疲困之劳，了无锱铢之益也。"

③胸次：胸怀。《庄子·田子方》："喜怒哀乐不入于胸次。"

④Montlucon：蒙吕松，法国中部城市，位于谢尔河上游、贝利运河的南端。

【笺】

三十六首《中峤杂咏》都是饶公的法国旅游诗。此首写旅途的轻快心情，一洗倦游的陈调。前半由近溪陌上的垂柳摇丝而感春色萦眸。第三句议论，言不再有哀乐之感缠于胸次，"了无哀乐"，这是"太上忘情"的境界。末句写旷野无人，大有八荒独立之感，也许在俗人看来是孤独，而在饶公则是一种享受。旷野少人这个意象，唐人贾岛《暮过山村》有句曰："怪禽啼旷野，落日恐行人"，写得很诡异、荒诞，饶公的"野旷天寒不见人"则写得很清新。这是心境不同所致。

砥柱擎天孰比高，修河①北去势滔滔。
奔车何必伤逝水，大任天庸付我曹。②

①修河：饶公自注："Siouls。"修，长也，修河即长河。
②"奔车"二句：饶公自注："仲尼观水，有逝者如斯之叹。Lévy驾车镇日，自日中至晚上十一始得食，余戏谓此真'饿体肤，劳筋骨'者矣，岂孟轲氏云："天将降大任"者非耶？"《孟子》："故天将降大任于斯人也，必先苦其心志，劳其筋骨，饿其体肤，空乏其身，行拂乱其所为，所以动心忍性，曾益其所不能。"天庸：即天用。汉·许慎《说文解字》："庸。用也。"

【笺】

前半写车行沿途之景状，"砥柱擎天"指跋山，"修河北去"指涉水。后半由尽日驱车劳累饥饿，而开玩笑说这应该就是孟子所说的"天将降大任于斯人"吧。这是饶公的戏谑之语。

手攀橡木陟崔巍①，嘉树余怀久往来。②
挂眼③星辰如可摘，齐州九点望中开。④

①崔巍：高峻之山。清·陈维崧《江城子》词："千寻佛阁倚崔巍。"
②"嘉树"句：饶公自注："咏Chêne。山中遍植此树，因忆韩愈谪潮州，手植橡木，人谓之韩木，其画记云：'时往来余怀也。'"Chêne：橡木。嘉树：美树。战国·楚·屈原《楚辞·橘颂》："后皇嘉树。"
③挂眼：留意。唐·韩愈《赠张籍》诗："馀事不挂眼。"
④"齐州"句：唐·李贺《梦天》诗："遥望齐州九点烟。"齐州：指中国。九点烟：中国古分九州，自天上俯视之则渺小如九点烟尘。

【笺】

此首为思乡之作。饶公在法国中峤山，于山顶见到橡树，而韩愈当年被贬到潮州，曾手植橡木于韩山，饶公早年曾撰有《韩山志》，常常登临韩山。饶公此诗，便是表达由橡木引发而起的故乡之思。饶公登陟于崔巍的中峤山上，手攀橡木，乡思骤起，往来余怀。可是故乡远隔万里重洋，邈不可及，仰望天上星辰，而突发奇思异想：假如能够飞到天上摘取星辰，再回望下界的祖国九州，便如九点烟尘一样可以望见了。言外积郁着浓厚的思乡眷国之情。

群峰万派此朝宗，①古柏经冬倍郁葱。
思得愚公②助一臂，移山来此听晨钟。③

　　①"群峰"句：《尚书·禹贡》："江汉朝宗于海。"万派：万流归海。朝宗：原指古代诸侯春、夏朝见天子。《周礼·春官》："春见曰朝，夏见曰宗。"
　　②愚公：愚公移山，见《列子·汤问》。
　　③"移山"句：宋·王安石《文师种竹》诗："他生来此听楼钟。"听：读去声。

【笺】

　　首句以万山朝宗来写中峤之尊，而此山之形状如何，诗人并没有再从大处落笔，而是用山上经冬常绿的古柏来以小见大，正如《论语》所云："子曰：'岁寒，而后知松柏之后凋。'"故而此古柏一出现，前面的万山朝宗就有着落了。后半写对中峤心向往之，有卜居之愿，所以设想假如能得到愚公之助，将家移置中峤，便可常住于斯，日日来此听晨钟了。

万态烟云日卷舒，重丹复碧①树扶疏②。
凭高③待共浮云约，路转悬桥必坦途。

　　①重丹复碧：此指繁花茂树相杂相间。宋·王安石《金山四首》诗："重丹复碧焕参差。"
　　②扶疏：枝叶繁茂纷披貌。《吕氏春秋·任地》："树肥而无使扶疏。"
　　③凭高：凭借高处。南北朝·王僧孺《落日登高诗》："凭高且一望。"清·黄鹭来《回澜阁》诗："杰阁凭高纵大观。"

【笺】

　　此首写中峤重山起伏、气象万千。首句言山间烟云之变化无穷，次句写红花碧树相间而生，皆极茂密。后半言山道之崎岖高险难行，所以凭高与浮云约定，希望转过这座悬桥道路会变得平坦。后半既是实写当时山行之心情，也寄托了诗人希望人生之路也朝着美好的方向发展的愿景。这与陆游的"山重水复疑无路，柳暗花明又一村"，有异曲同工之妙。

圣母祠前鳜正肥，①无风无雨不须归。②
吾生原罪③如堪赦，愿缚孱魂④住翠微⑤。

饶宗颐绝句选注

①"圣母"句：饶公自注："Oreival 作。此处溪流产 Truite 甚肥美，有译作白鲈，余以音近鳜，故以鳜称之。"圣母祠：法国欧希瓦（Orcival）圣母教堂（Basilique Notre-Dame）。圣母指耶稣的生母玛利亚。

②"无风"句：唐·张志和《渔歌子》词："西塞山前白鹭飞，桃花流水鳜鱼肥。青箬笠，绿蓑衣，斜风细雨不须归。"

③原罪：即 original sin，基督教重要教义之一。谓人类的始祖亚当和夏娃在伊甸园中，因受了蛇的诱惑，违背上帝命令，偷吃了禁果，这一罪过成了整个人类的原始罪过，故名。基督教并认为此罪一直传至所有后代，为此需要基督的救赎。

④屏魂：屏弱之魂。近人陈三立挽高子益联："隔岁闲游过饭家，风留断语；老谋坐废如山世，难照屏魂。"

⑤翠微：《尔雅·释山》："未及上，翠微。"郝懿行义疏："翠微者……盖未及山顶屏颜之间，葱郁荟蓝，望之翛翛青翠，气如微也。"唐·李白《赠秋浦李少府》诗："开帘当翠微。"

【笺】

此首为过中峤山一教堂所作。饶公对西方宗教颇有研究，他曾批评王国维"做人、做学问，乃至论词、填词，都只局限于人间，即专论人间，困在人间，永远未能打开心中之死结"，关键在于王国维的学问修养中，少了两藏——"释藏"和"道藏"，而且王国维"只到过日本，未到西洋，未曾走入西方大教堂，不知道宗教的伟大"[饶宗颐：《饶宗颐二十世纪学术文集》（第十七册卷十二），北京：中国人民大学出版社 2009 年版，第 435、436 页]。也就是说，学问世界中有了西方文化和"释""道"二藏的修养，有了宗教的精神底蕴，才可以从"人间"的世界中超脱出来，提升人生境界。

此诗正是饶公西方宗教修养的一个表现。前两句化用唐人张志和的词意，写"我"徘徊于教堂之前，乐而忘归。后两句援用基督教的"原罪"说，言原罪如能得到主的宽赦，情愿自缚屏弱之魂永住于此中峤山的翠微之中。

两峰列阵似军屯①，黝壁萧条谷尚温②。
欲起庄生聊问讯，何年天地一成纯？③

①军屯：指驻屯的军队。《前汉书平话》卷上："朕思之，陈豨造反，多因为寡人与陈豨军屯衣甲器物，是他韩信执用的物件，以此上仇寡人之冤。"

②谷尚温：暗用邹衍吹律典。唐·欧阳询《艺文类聚》卷九引汉·刘向《别录》："邹衍在燕，燕有谷，地美而寒，不生五谷，邹子居子，吹律而温气至，而谷生，今名黍谷。"律为阳声，传说可以使地暖。

③"欲起"二句：用《庄子·齐物论》："众人役役，圣人愚钝，参万岁而一成纯。万物

尽然，而以是相蕴。"

【笺】

此首写山行的感想。前半用白描的手法，写出眼前的山景：两峰罗列，犹如驻屯的军队，峭壁黝黑萧条，荒无人烟，而山谷却依旧温暖。后半是诗人的联想，饶公由眼前的山景，想到庄子在《齐物论》中所说的"参万岁而一成纯"，回归到自然纯真的境界，与天地并生，与万物为一。即景生理，是饶公惯用的手法，也是他创作"形而上诗"的"利器"。

古柯异石乱交加①，石自痴顽枝自斜。
人外忽惊春数点，隔篱灿烂有苹花。②
　　　　　　咏苹果树 Pommier

①交加：错杂。唐·杜甫《春日江村》诗："种竹交加翠。"
②"人外"二句：宋·王安石《咏石榴花》诗："浓绿万枝红一点，动人春色不须多。"

【笺】

此诗咏苹果树，用"古柯异石"之散乱沉寂来反衬"苹花"的春意盎然。后半化自王安石诗。王诗是宋诗中的名句，程千帆曾评曰："诗人们还注意到了色彩在自然景物描写中的对比关系。如王安石的失题断句：'浓绿万枝红一点，动人春色不须多。'这一精彩的意象，后来转变为更流行的成语'万绿丛中一点红'。近代著名诗人陈三立则在其《散原精舍诗》续集卷下《沪上偕仁先晚入哈同园》中，将其化为'绿树成围红树独'之句，而将春天的红花变成了秋天的红叶。"（程千帆：《闲堂诗学》，沈阳：辽海出版社 2011 年版，第 41 页）饶公此诗也充分利用了这种色彩对比的写法，"古柯异石"是暗色，"苹花"是明色，在明暗对比中突出"苹花"之生气勃发，一个"惊"字就是这种对比的效果——足以震撼人心。这时，"苹花"就是春的象征了，因而诗人称它是"春数点"。在化用王安石诗意的同时，饶公又融入了自己独特的体物感觉，应该说比陈三立的"绿树成围红树独"还要高明一些。

尽日车行万叠山，山灵①应是笑吾顽。
不烦泉石惊知己，一听潺潺②亦解颜③。
　　　　　　La Cascade de sartre④

①山灵：山神。汉·班固《东都赋》："山灵护野。"

②潺潺：水流声。三国魏·曹丕《丹霞蔽日行》诗："谷水潺潺。"

③解颜：开颜欢笑。《列子·黄帝》："夫子始一解颜而笑。"

④La Cascade de sartre：萨特的瀑布。

【笺】

　　子曰："智者乐水，仁者乐山。"饶公雅好山水，此次法国中峤之游，异域山川，尽收笔底，亦平生之快事也。此首写的正是这样一份心情，诗人尽日驱车行于万山之间，游山赏水，山如有灵，当笑"我"顽。偶遇泉石之胜，沉吟清赏，莫逆于心，泉石也应不烦，惊视"我"为知己。而胜会之际，未见泉石，只远远听到其潺潺之声，也能会心一笑。游赏至此等境界，始可与言山水之乐也。

　　"泉石惊知己"之说，屡现于饶公笔下。此首之外，如《Toba 湖绝句》的小序曰："先后得绝句二十章，陶铸风物，澡雪精神，山水有灵，倘惊知己。"

　　　　　　　欲祷上清许沦谪，③灵山合老倦游身。④

①修竹茂林：晋·王羲之《兰亭集序》："此地有崇山峻岭，茂林修竹。"

②结邻：结为邻居。清·袁枚《随园诗话》："屡托余买屋金陵，为结邻计。"

③"欲祷"句：唐·李商隐《重过圣女祠》诗："上清沦谪得归迟。"上清：上天。

④"灵山"句：清·龚自珍《己亥杂诗》诗："空山徙倚倦游身。"

【笺】

　　此首写游中峤心赏之至，而生卜居之愿。前半写景，如此美妙的一抹波光，只有诗人才能赏之。湖滨的茂林修竹，不正是结邻而居的绝佳去处吗？诗人因此而默祷上苍：假如我是因沦谪才来到人世的话，那么我也别无所求，只望能卜居此灵山之中，终老此倦游之身。

　　饶公飙轮所至，世界五洲已历其四，所过胜地无数，能让饶公生卜居之愿者，除日本北海道的大函（饶公《大函》诗："峡里风云多变化，此乡不住住何乡。"）之外，就数法国中峤了。

Le Trayas[①] 晚兴

（四首选一）

谁把青山尽变红，飞鸿正掠夕阳空。
薄寒[②]催暝月初出，槛外云飞不碍风。

①Le Trayas：法国勒塔亚市。
②薄寒：微寒。战国·楚·屈原《楚辞·九辩》："憯悽增欷兮，薄寒之中人。"

【笺】

此诗前三句写落日、初月，上天入地，色彩斑斓，夺人眼目，其实都是虚晃一枪，前三句的造景只是为了逼出最后一句"槛外云飞不碍风"。此句将哲理消融于物色之中，写出一种得大自在、心无挂碍的境界，是饶公哲理诗的代表作之一。诗意似是化自明代潮州高士陆竹溪的名联："水急难流滩底月，山高不碍白云飞。"（清郑昌时《韩江闻见录》）而陆竹溪的对联又是化自宋人赵汝愚的《题福州鼓山寺》诗："江月不随流水去，天风常送海涛来。"

《羁旅集》

（选六首）

1977 年前

自序

　　洪北江云："羁旅之期，逾晋文公之在外。"（见《伤知己赋序》）余年未而立，屡去乡国，久历乱离，不遑启处，炉峰寄迹，及今亦过二十余载矣。古之诗人，往往羁旅忧伤，独谣孤叹，意有郁结，发为篇章。余虽数废诗，何独能无感？然感而后思，思而后积，契阔死生，纯情增怅（楞严云："纯想即飞，纯情即堕。"）；驾言出游，辄写我忧。中间数历扶桑，三莅北美，朋侪唱叹，气类不孤。聊因暇日，削而存之，用俟重删。其海西之作，别为专帙以行。自忖情寄有孚，言庶遥契，千里相应，存乎其人。造化给须，取之在我。（薛瑄《敬轩读书录》云："唐人诗曰：'足知造化力，不给使君须。吾有取焉。'"按此为李长吉句，见《感讽五首》之一）

丁巳　选堂书

七月六日向夕^① 与诸生^② 泛海至清水湾^③ 舟上杂诗

（十首选一）

　　胸中无魏晋，到此休问津④。
　　宿鸟⑤如相约，飞鱼欲近人。

---

①向夕：傍晚。晋·陶潜《岁暮和张常侍》诗："向夕长风起。"

②诸生：众学生。唐·韩愈《太学生何蕃传》："自太学诸生推颂不敢与蕃齿，相与言于助教博士。"

③清水湾：位于香港的西贡区，包括将军澳以北及以东的整个半岛。

④问津：寻访；探求。晋·陶潜《桃花源记》："南阳刘子骥，高尚士也；闻之，欣然规往。未果，寻病终。后遂无问津者。"

⑤宿鸟：归巢栖息之鸟。唐·吴融《西陵夜居》诗："林风移宿鸟。"

【笺】

魏晋时期，由于老庄、玄学、佛学的涵泳，使这个时代充满了一种纵情山水，与自然亲近的审美精神，这是所谓的"魏晋风度"中一个重要的组成部分。饶公此诗写与学生一起泛舟于清水湾，他说："如果你胸中没有魏晋风度的话，那么你来到这里也探求不出什么东西。但如果你有，你就会觉得归鸟好像和你约好要见面，飞鱼好像也想来和人亲近一样。"《世说新语·言语》："简文入华林园，顾谓左右曰：'会心处不必在远，翳然林水，便自有濠濮间想也。觉鸟兽禽鱼，自来亲人。'"此诗的后半也即简文帝之意。

岛上大风止后聊短述

（四首选二）

寒气郁高林，雨势可摇海。
不信风涛间，中有九州①在。

①九州：古分中国为九州。说法不一。《尚书·禹贡》作冀、兖、青、徐、扬、荆、豫、梁、雍；《尔雅·释地》有幽、营州，而无青、梁州；《周礼·夏官·职方》有幽、并州，而无徐、梁州。后以"九州"泛指天下、全中国。战国·楚·屈原《楚辞·离骚》："思九州之博大兮，岂惟是其有女？"

【笺】

此组诗以"岛上大风止后"为题，写于"文革"前后，实际上是颇有含意的。这场政治风暴不正如岛上的大风一样来势汹汹吗？此首写的是"大风"来时的情状，前半写暴风雨由高林的寒气积郁而成，爆发时大海也为之动摇。诗人北望祖国大陆，除了一望无际的暴雨，什么也看不到，所以他感慨道：不信这风涛之间，中国九州还在。在诗人眼里，九州早就"陆沉"了，这也是他最痛心的地方。

惊飙①果何从，日夕②二三至。
亦知不崇朝③，依旧江山丽。④

①惊飙：突发的暴风，狂风。三国·魏·曹植《吁嗟篇》诗："惊飙接我出。"

②日夕：朝夕，日夜。南朝·梁·萧统《文选·王融〈三月三日曲水诗序〉》："署行议年，日夕于中旬。"

③崇朝：终朝。从天亮到早饭时，犹言一个早晨。崇，通"终"。《诗·鄘风·蝃蝀》："朝隮于西，崇朝而雨。"《毛传》："崇，终也。从旦至食时为终朝。"

④"依旧"句：唐·杜甫《绝句》诗："迟日江山丽。"

【笺】

此首写暴风雨过后的情状。全诗以《道德经》："飘风不终朝，骤雨不终日"立意。言暴风来时日夜数至，来势极为猛烈，不过其来也快，其去也速，所以暴风无法刮过一个早晨，骤雨不可能下一整天，一切很快就会过去，风雨过后，江山依旧会一片清丽。这是一首充满哲理和历史智慧的诗，放在整个历史长河之中，所谓的"文革"也是"不崇朝"的，只是苦了当时的六亿生民了，因为他们曾经在惨绝人寰的环境中度日如年。要知道时间的快慢还与人的感受有关，乐时易逝，苦日难熬。

宋儒朱熹有一首《水口舟行》诗曰："昨夜扁舟雨一蓑，满江风浪夜如何？今朝试卷孤蓬看，依旧青山绿水多。"风雨是不能长久掩盖青山绿水的，饶公此诗亦同此理。

题冰谷风榆图为丕介①

（五首选二）

陵谷②变多端，朔风③吹何疾。
弥望④黑森森⑤，乱峰争初日⑥。

①丕介：指张丕介（1905—1970），字圣和。山东省馆陶县艾寨（现属临清市）人。国民党党员，曾从政于国民政府。1949年定居香港，与徐复观创办《民主评论》，参与创办新亚书院，任教达二十年，并历任新亚书院总务长、经济学系主任、新闻学系主任、商学及社会学院院长等职。

②陵谷：《诗·小雅·十月之交》："高岸为谷，深谷为陵。"后以"陵谷之变"喻自然界或世事巨变。

③朔风：北风，寒风。三国·魏·曹植《朔方》诗："仰彼朔风，用怀魏都。"

④弥望：充满视野，满眼。汉·班固《汉书·元后传》："大治第室，起土山渐台，洞门高廊阁道，连属弥望。"

⑤森森：幽暗貌。五代·齐己《短歌寄鼓山长老》诗："森森影动旌檀香。"

⑥初日：刚升起的太阳。南朝·梁·何逊《晓发》诗："早霞丽初日。"

【笺】

此首是饶公为其好友张丕介的《冰谷风榆图》所作的题画诗。首句化用《诗经》中"陵谷之变"的典故，以状图中的冰谷，并增添其历史文化内涵。第二句扣紧"风榆"来写，故以朔风疾吹形容之。后半着重写图中的日出，图以浓墨重彩来绘山川陵谷，然后于乱山中忽现一轮初日。饶公以"黑森森"写黎明前的群山，也暗喻人世中的黑暗一面，"弥望"则是写诗人等待初旭时的急切心情。最后，诗人终于等到黎明曙光的到来，一轮红日跃出群山，世界顿现大光明。且饶公不直接写初日跃出群山，而是反过来写乱山也好像特别盼望光明，纷纷来争这一轮初日，这种反客为主的写法，使诗意变得奇特不凡，也使画面的群山和初日顿时活了起来，充满一种具有张力的动感。

吹嘘①仗云霞，蛰虫②终未死。
此中有诗魂③，我欲呼之起。

①吹嘘：喻寒暖变化。唐·卢照邻《双槿树赋》："故知柔条朽干，吹嘘变其死生。"

②蛰虫：藏在泥土中过冬的虫豸。《礼记·月令》："（孟春之月）冬风解冻，蛰虫始振。"

③诗魂：诗人的精神。南唐·李建勋《春雪》诗："闲听不寐诗魂爽。"

【笺】

饶公以此首题好友张丕介的《冰谷风榆图》，落笔非常奇特。他并没有去描摹画中的景物，而是采取一种避实就虚的写法。首句的"吹嘘"紧扣画中的"风榆"，后面三句则是从"冰谷"入手，赋予这幅画更深刻的内涵。图中冰谷严寒，景物萧条，饶公用一只想象中的"蛰虫"以寄托一种强大的生命力，便有起死回生之效。再由"蛰虫"不死，想到诗魂不死，由此赋予它一层更深刻的内涵，这样层层深入，最后以欲呼起诗魂作结，充满力量。

北美绝句赠杨莲生①

霜鬓②他乡尚草玄③，传经心事④岂徒然。
十年宾至如归⑤日，入座春风⑥许我先。

①杨莲生：即杨联陞（1914—1990），原名莲生，后以莲生为字。原籍浙江绍兴，生于河北保定。著名汉学家，长期留居北美，执教于哈佛大学远东语言文化系。著有《中国制度史研究》《汉学散策》《国史探微》及《杨联陞论文集》等。

②霜鬓：白色鬓发。《乐府诗集·子夜四时歌冬歌十二》诗："霜鬓不可视。"

③草玄：见《题听雨楼杂笔为高伯雨（六首选三）》注⑦。

④传经心事：唐·杜甫《秋兴》诗："刘向传经心事违。"

⑤宾至如归：谓宾客到此有如归家，形容待客亲切、周到。战国·鲁·左丘明《左传·襄公三十一年》："宾至如归，无宁菑患。"

⑥入座春风：像坐在春风中间。比喻同品德高尚且有学问的人相处并受到熏陶。宋·朱熹《伊洛渊源录》："朱公掞见明道于汝州，逾月而归。语人曰：'光庭在春风中坐了一月。'"

【笺】

　　此首诗是饶公写给旅居北美的汉学家杨联陞的。前半写杨氏身处异国，鬓发苍苍尚且著述不辍，其为保存中国文化所做的努力肯定不会徒然无功的。关于杨氏的学问，周一良在《纪念杨联陞教授》中曰："莲生的学问包括中国历史与语言两大方面，语言兼及古代和现代，历史上起先秦，下迄清末，领域涉及经济、社会、政治、文化、宗教，以至考古、艺术等部门。他善于发现问题，从大处着眼，小处着手，由小以见大。论著每多创获，深得陈寅恪先生的三昧。"后半写自己十年后再和杨氏见面，感到宾至如归，入座高谈，如坐春风。此诗是两位当代学者友谊的见证。

《揽辔集》

（选十一首）

1980 年，日本

小引

余数莅京都，此次为时虽暂而篇制最夥。自四月杪至八月中浣，讲课之余，朋侪盍簪，不废吟咏。而历览山川，放浪江海，中间南涉九州，北至网走，临橿原之都，诵万叶之诗，怀古情深，往往流连，不忍遽去。最后登高野之山，寻遍照发挥性灵之遗迹，御影堂间，神人仿佛，若有存者。离洛前夕，发箧得诗可百首，厘为一帙。心尚抖擞，愧波澜非老成；水也泓澄，不怀珠而川媚。风流尊俎，纵归去复难忘；斟酌古今，破客中之岑寂。

乡人大埔何如璋于光绪三年使日，著《使东杂咏》。时黄遵宪充其参赞，亦作《日本杂事诗》，传诵中外。惟九州、北海道事多未详，拙制可补其不逮云。

一九八〇年八月十五日　饶宗颐

与静慈圆宏作[1] 共饮，以高野山豆腐下酒，即咏

（二首选一）

心海[2]无波澜，湛然[3]起圆照[4]。
相看阮籍徒，不必苏门啸。[5]

①静慈圆宏作：日本高野山大学名誉教授、高野山清凉院方丈。

②心海：指心，以思绪翻滚如海之扬波，故称。《楞伽经》："外境界风，飘荡心海，识不断。"

③湛然：安然貌。宋·张君房《云笈七签》："譬如婴儿居胎中，湛然不动。"

④圆照：《圆觉经》："一切如来本起因地，皆依圆照清净觉相，永断无明，方成佛道。"又曰："生死涅槃，同于起灭。妙觉圆照，离于华翳。"

⑤苏门啸：唐·房玄龄等《晋书·阮籍传》："籍尝于苏门山遇孙登，与商略终古及栖神导气之术。登皆不应，籍因长啸而退。至半岭，闻有声若鸾凤之音，响乎岩谷，乃登之啸也。"后以"苏门啸"指啸咏，亦比喻高士的情趣。

【笺】

此首是饶公与静慈圆宏作共饮时的即席口占。诗题也很有意思，"以高野山豆腐下酒"，知己相逢，一杯小酒、一盘豆腐，便足快意。再加上两人都有很高的佛学修养，都能达到心海无波、圆照湛然的境界，所以相视莫逆，会心一笑。今日的相遇，就像当年的阮籍遇孙登，但不必学他们长啸，重要的是能够彼此会心，而不在于表达的形式，颇有魏晋风度。

将重访飞鸟寺①，听二弦琴未果

（二首选一）

枯木岂无情，兴亡几弹指②。
指上生两仪③，心在秋声里。

①飞鸟寺：日本最古老的寺庙，位于奈良县高市郡明日香村。公元596年由苏我马子所建。当时是一座由三个金堂围绕其塔构成的规模庞大的寺庙。后来在镰仓时代大半建筑毁于火灾，现在的本堂是江户时代所重新兴建的。

②弹指：捻弹手指作声。佛家多以喻时间短暂。唐·王维《六祖能禅师碑铭》："弹指不流，水流灯焰。"

③两仪：指天地。《易·系辞上》："是故易有太极，是生两仪。"孔颖达疏："不言天地而言两仪者，指其物体；下与四象（金、木、水、火）相对，故曰两仪，谓两体容仪也。"

【笺】

此首写想听飞鸟寺的二弦琴而未能实现，却由琴而悟道。首句的"枯木"指琴，因为琴是由木做成的，木虽枯，但琴却有情。次句由琴而生出历史感慨，所谓兴亡，不正是在弹指之间就过去了吗？后半由琴而悟道，挥指弹琴，指上仿佛生出了太极两仪，两仪者，阴阳也。《易·系辞上》曰："太极生两仪，两仪生四象，四象生八卦，八卦定吉凶。"由琴而悟出阴阳消长之理。末句的"秋声"即商声，商者，伤也，是天地之哀音。饶公由听琴而心沉浸于秋声之中，这是对历史、对天地万物的深切同情，是佛家的所谓"大悲"者。此诗格调高古，理语有致，可抗手王摩诘、韦苏州。

唐招提寺①瞻谒鉴真②大师坐像，时仪仗方从北京返洛
（五首选一）

众叶正青时，万方瞻大德③。
寸泪不须弹，池荷如眼碧。④

①唐招提寺：日本佛教律宗建筑群，简称招提寺，在日本奈良市西京五条。由唐鉴真主持，于公元759年建成，与东大寺的戒坛院同为传布和研究律学的两大道场。

②鉴真：（687—763），唐朝僧人，律宗南山宗传人，东渡日本传法，为日本佛教律宗的开山祖师。

③大德：佛家对年长德高的僧人或佛、菩萨的敬称。梵语为"婆檀陀"（bhadanta）。北魏·杨衒之《洛阳伽蓝记》："常有大德名僧讲一切经，受业沙门，亦有千数。"

④"寸泪"二句：饶公自注："芭蕉翁题句云：'愿以此嫩叶揩去大师之眼泪。'"

【笺】

日本的唐招提寺是鉴真大师东渡后所建，此首为饶公访唐招提寺瞻谒鉴真坐像之作。首句的"众叶正青"暗用了禅宗"一花开五叶，结果自然成"的典故，赞扬鉴真赴日本传法的伟行，法嗣长延。"万方瞻大德"既写出人们对鉴真的崇敬，也扣题中的"时仪仗方从北京返洛"，可见鉴真在中日两国都备受推崇。后半用芭蕉翁题句之意，化之入诗，言在鉴真坐像之前，无须悲伤，因为鉴真的传法泽及草木，连池中的荷花也似乎充满智慧，如见鉴真大师的青眼。

题五山僧^①所著书

（五首选二）

漫斩春风露电驰，^②终南翠色媚幽姿。
含香百鸟花齐放，珍重岷峨笔一枝。^③

①五山僧：指日本五僧，即一山一宁、雪村友梅、绝海中津、漆桶万里、笑云清三。
②"漫斩"句：饶公自注："其廿四岁蜀狱中偈，有'电光影里斩春风'句。"《金刚经》偈："一切有为法，如露亦如电。"
③"含香"二句：饶公自注："雪村友梅《岷峨集》。"

【笺】

此首为题日本僧人雪村友梅的《岷峨集》之作。首句化用雪村诗句，"漫斩春风"颇有"截断众流"之意。前三句都是在为末句的"珍重岷峨笔一枝"作烘托，亦即盛赞雪村的修为和文笔，足可斩春风、驰露电，其幽姿媚于终南翠色，能使众花齐放、百鸟啼香。

绝海^①飘然驾远涛，径山全室^②共游遨。
吟成海上风云稳，弥信殿前恩宠高。^③

①绝海：指绝海中津。
②径山全室：季潭宗泐禅师。明·憨山德清《八十八祖道影传赞》："径山宗泐禅师，字季潭，别号全室，台州临海人。"明太祖奉其为国师，授右街善世，命掌天下僧教。有《全室外集》十卷行世，是为南岳下二十一世。
③"弥信"句：饶公自注："绝海中津《蕉坚集》。来华谒明太祖洪武赠诗。"

【笺】

此首为题绝海中津的《蕉坚集》之作，具体写其来华求法。首句的"绝海"既指绝海中津本人，亦双关指渡海之艰难。前半写绝海中津驾涛飘洋过海来华，并从明代高僧径山宗泐禅师游。后半写明太祖朱元璋曾于殿前接见绝海中津，并有诗相赠，厚加恩宠。绝海中津能诗，故饶公说他吟成诗句，海上风云也为之安稳，可谓一帆风顺，如有神助，所以他更加坚信大明对他的恩宠极高，对此感激于心。

与清水茂^① 同游秋芳洞^② 杂咏

（六首选一）

秋风海国久忘归，况拾遗芳冷翠微。
黝洞深藏无量寿^③，娱人不必是清晖。^④

①清水茂：日本汉学家，1925 年生。日本京都大学文学博士，后任京都大学教授。
②秋芳洞：日本三大名洞之一，位于山口县西部美弥郡秋吉台国家公园内，为世界级名胜。洞长 10 公里。洞内温度终年为 16℃左右，冬暖夏凉。洞内多钟乳石、石笋，间有瀑布、深渊等，美不胜收。
③无量寿：极言高寿。唐·张说《奉和皇太子过慈恩寺》诗："愿君无量寿。"
④"娱人"句：南朝·宋·谢灵运《石壁精舍还湖中作》诗："清晖能娱人，游子憺忘归。"

【笺】

　　首句言久客日本忘归，次句写寻幽探胜。后半以理语出之，身处黑洞之中，而参悟出黝洞也深藏无量寿，只要心地光明，便能明心见性，不是只有清晖才能娱人，黑暗亦可悟道。这就是佛家所说的从无明得到真如。饶公后来游三峡，中秋夜不见月，所作《念奴娇》有句云"勘破天人，同归芴漠，黑夜心澄澈"，可与此首并读互证。

机上望九十九岛^①，用朱子^② 白鹤诗韵

众岛星罗渺不群^③，飞鸢夕照亦成文^④。
飘然自有归栖处，漫逐^⑤层霄一段云。

①九十九岛：散落在长崎县西部北松浦半岛西侧的岛屿被称为九十九岛，为日本最西端的国家海洋公园——西海国立公园的代表性景地。海水湛蓝，岛树浓绿，构成一个优良的生态环境。
②朱子：朱熹（1130—1200），字元晦，号晦庵。徽州婺源（今江西省婺源县）人，南宋理学家。
③不群：不平凡，高出于同辈。战国·楚·屈原《楚辞·九章·惜诵》："行不群以颠越

今，又众兆之所哈也。"

④飞鸢：此指飞机。文：文字。汉·扬雄《太玄·文》："次六：鸿文无范，恣于川。"司马光集注："谓鸿雁之飞，偶有文字之象，而无法也，遇川则自恣而已。"此指飞机之影。

⑤漫逐：随意追逐。漫：随意。唐·杜甫《闻官军收河南河北》诗："漫卷诗书喜欲狂。"

【笺】

日本的九十九岛，碧水蓝天，群岛点缀其间，风景绝佳。饶公此首写在飞机上俯瞰九十九岛。前半写景：众岛星罗棋布，渺然不凡。飞机在夕照之中，自成文采。后半写在飞机上的感受，逻辑上用了倒装的手法，正常语序应是："漫逐层霄一段云，飘然自有归栖处。"意谓：乘着飞机随意追逐层霄的云彩，而"我"的心飘然自有归栖之处。这也是即景而生的感慨。

出层云峡①

山如焦尾②水犹温，涵盖尽知气象尊。
回顾银河神削壁，一车如梦出夔门③。

①层云峡：位于日本北海道屋脊大雪山山麓，为大雪山国立公园中心景点。大峡谷中布满高达百米的悬崖峭壁，此为凝灰岩受侵蚀后形成的地形。峡谷中有许多瀑布，以流星瀑与银河瀑最为著名。峡谷中公认为最美之处为大函与小函。大函岸壁耸立，犹如一座巨大屏风，而小函则以多奇岩怪石著称。

②焦尾：琴名。南朝·宋·范晔《后汉书·蔡邕传》："吴人有烧桐以爨者，邕闻烈火之声，知其良木，因请而裁为琴，果有美音，而其尾犹焦，故时人名曰'焦尾琴'焉。"

③夔门：瞿塘峡的西门。其西端入口处，在白帝城下。长江上游之水纳于此门而入峡，为长江三峡西大门，又名"瞿塘关"。因瞿塘峡地当川东门户，故又别称夔门。两岸断崖壁立，高数百丈，宽不及百米。峡中水深流急，江面最窄处不及50米，波涛汹涌，呼啸奔腾，令人心悸，素有"夔门天下雄"之称。此处比层云峡为夔门。

【笺】

首句言层云峡的山有如琴座，因其地有温泉，故曰"水犹温"。次句写其地多为雪山峭壁所涵盖，因而气象庄严。第三句的"银河"指层云峡的银河瀑，因峡谷中布满高达百米之悬崖峭壁，故出了层云峡之后回顾银河瀑，只觉得它从峭壁上奔泻而下，有如神工鬼斧。末句以中国三峡之夔门来比层云峡，写坐于车中从层云峡奔驰而出，感觉如梦似幻。

藻琴湖①

草号珊瑚浪作琴，涛声地籁②孰知音。
五弦无复能挥者，目送飞鸿隐雾深。③

①藻琴湖：在日本北海道网走市国定公园内，该园位于日本北海道靠鄂霍次克海侧。面积为372.6平方公里。于1958年7月1日成为日本国定公园。辖区包括7个潟湖：佐吕间湖、能取湖、网走湖、网走湖、藻琴湖、涛沸湖、涛钓湖。

②地籁：风吹大地的孔穴而发出之声。《庄子·齐物论》："地籁则众窍是已。"成玄英疏："地籁则窍穴之徒。"

③"五弦"二句：晋·嵇康《赠兄秀才从军》诗："目送归鸿，手挥五弦。"

【笺】

此诗题藻琴湖，着重从"琴"字落笔。首句的"草号珊瑚"扣题中的"藻"，"浪作琴"扣"琴湖"，开门见山，先声夺人，将藻琴湖诗化，让人对其有一个感性的认识。第二句写藻琴湖所"弹"的琴声是"涛声地籁"，如此大音，谁能知之？由此而引出后半的知音难得。后半用嵇康诗意，言再无人能手挥五弦，只能目送飞鸿隐于深雾之中，颇有知音寥落的寂寞之感。

涛沸湖①

割海分成壑百溇②，北滨带雨湿花茳③。
我来自恨先秋到，只见芦蒿不见枫。

①涛沸湖：日本北海道网走市国定公园7个潟湖之一。

②溇：小水流入大水，亦指众水相会处。《诗·大雅·凫鹥》："凫鹥在溇。"毛传："溇，水会也。"

③茳：一年生草本植物。茎高达三米，也称水茳。明·李时珍《本草纲目·草五·茳草》："其茎粗如拇指，有毛。其叶大如商陆叶。色浅红成穗。秋深子成，扁如酸枣仁而小。"

【笺】

前半写涛沸湖之景，潟湖将大海分割成数以百计的沟壑，近处的海岸上雨水沾湿了荻花。诗人本为看枫而来，可是来的时候秋天还没到，所以只见芦蒿而不见红枫，心中不无遗憾。这是在说一个道理：假如"看枫"代表某种理想，那么必须等待适当的时机，在适当的位置才能实现它。这是《易经》所说的时位问题，时位不对，事情就很难成功。

屈斜路①

沿湖百里尽苍松，始觉郭熙②写未工。

宿雨乍晴秋日暗，万山都在薄寒③中。

①屈斜路：屈斜路湖，日本北海道东部湖泊，阿寒国家公园的一部分。面积为79.7平方公里，周围有57公里，呈半月形。

②郭熙：（约1000—约1090），字淳夫，河阳温县（今河南省孟县东）人，北宋名画家。工画山水寒林，宗法李成。神宗赵顼曾把秘阁所藏名画令其详定品目，郭熙由此得以遍览历朝名画，"兼收并览"终自成一家，成为北宋后期山水画巨匠，与李成并称"李郭"。著有画论《林泉高致》，为中国第一部完整而系统阐述山水画创作规律的著作。

③薄寒：微寒。战国·楚·屈原《楚辞·九辩》："憯恻增欷兮，薄寒之中人。"

【笺】

此首为游日本屈斜路湖时所作。以画笔出之，有如一幅大写意的水墨画。首先映入眼帘的是沿湖亘延百里的郁郁苍松，诗人觉得此情此景为大自然的画工所造就，实在比北宋大画家郭熙笔下的山水还要有境界。后半纯是白描：连日的阴雨才刚刚返晴，此时又是黄昏时候，秋日变暗，放眼望去，万山都笼罩在一片薄寒之中。景语能写出如此画意，饶公已打通诗、画二艺的界限，将其熔为一炉了。

《苞俊集》

（选十二首）

1980 年，马来西亚、中国大陆

自序

王褒作九怀，其三曰《危俊》，一作《苞俊》，其言曰："陶嘉月兮总驾，搴玉英兮自修。结荣茝兮逶逝，将去蒸兮远游。径岱土兮魏阙，历九曲兮牵牛。聊假日兮相佯，遗光耀兮周流。"余自退居以后，足迹几遍禹域，舟车所至，未废吟哦。友人冯康侯取亭林语为刻一章曰："九州历其七，五岳登其四。"行经华岳时，值悬空链断，不获攀陟，无可如何！昌黎犹临崖而号咷，余则尚未识其险也！若岱岭虽登，恨未兴咏，齐鲁青葱，终古未了，以杜公诗在上头，何敢饶舌耶！

记清刘继庄登南岳句云："圣人久不作，岳渎为短气"，然不久遂有船山之出。盖山川荐灵，纵不登昆华，亦有玉英之可采，荣茝之可结。苞俊咀华，是在其人耳。

今存诸篇，亦周流之所历。岂有子渊之光华，聊比翁山之诗外，为前集之续貂，作自修之肬赘云尔。

辛未秋月　选堂记

槟城① 怀康南海② 四绝示黄晚香③

（选二）

大庇堂④前日已斜，吻矶门巷有朱家⑤。
可怜北阙三千牍，⑥剩付南天一片霞。

110

①槟城：马来西亚重要港口，以槟榔树而得名。又称乔治市。

②康南海：康有为（1858—1927），字广厦，号长素。广东南海人，人称"康南海"或南海先生。

③黄晚香：马来西亚华人小说家，男，1911年生于广东。早年毕业于广州大学，后曾在广州、香港、马来西亚等地任教达三十余年。工诗词，有《回味室诗词集》。

④大庇堂：康有为有《大庇阁诗集》，其自序云："庚子春，徙图南溟。及夏，英海门总督亚历山大馆我于其庇能节楼，名之曰大庇阁。居十五月，至辛丑十月乃去。是时废立难作，京邑邱墟，铃雨淋道，勤王不成，思君忧国，怨愤而作。"

⑤朱家：汉初鲁地侠士。汉·司马迁《史记·游侠列传》："鲁朱家者，与高祖同时。鲁人皆以儒教，而朱家用侠闻。所藏活豪士以百数……专趋人之急，甚己之私。"后以朱家泛指侠士，此处指英海门总督亚历山大。

⑥"可怜"句：康有为曾向清帝连上六书，推动戊戌变法的进行。后变法失败，康流亡海外。北阙：古代宫殿北面之门楼，为大臣、公侯朝见或上书奏事之地。汉·班固《汉书》注："而尚书奏事，谒见之徒，皆诣北阙。"三千牍：汉·司马迁《史记·滑稽列传》："（东方）朔初入长安，至公车上书，凡用三千奏牍。"

【笺】

康有为戊戌变法失败之后，流亡海外，于1900年至1901年间，在马来西亚的槟城住了十五个月，当时他投奔英国海门总督亚历山大，住在大庇阁中，后来康有为将这段时间写的诗结集为《大庇阁诗集》。饶公游槟城，有怀康有为，写了四首七绝，寄给好友黄晚香，这是其中的第二首。

首句写在日落时分来到康有为当年住过的大庇阁，颇有历史沧桑之感。次句的"朱家"是《史记》所载汉初鲁地侠士，曾义救季布，此借指亚历山大对康有为的帮助。后半感叹康有为曾六次上书清帝，可惜最终没能实现其变法的理想，投到皇宫北阙的三千奏牍，都石沉大海，只剩下南天一片血色的红霞。

繁碧①依然到户庭，小红②花好共谁登。
楼台梦后仍高锁，③蔓草由来管废兴。④

①繁碧：绿叶繁多貌。宋·曾巩《寄王介卿》诗："木叶晃繁碧。"

②小红：淡红。唐·杜甫《江雨有怀郑典设》诗："点注桃花舒小红。"

③"楼台"句：宋·晏几道《临江仙》词："梦后楼台高锁。"

④"蔓草"句：暗用荆棘铜驼典。唐·房玄龄等《晋书·索靖传》："靖有先识远量，知天下将乱，指洛阳宫门铜驼，叹曰：'会见汝在荆棘中耳？'"此句的"蔓草"意同荆棘。

【笺】

前半写大庇阁庭前的绿叶红花依然美好，只是当年的逋客（康有为）早就不在了，诗人来此吊古，又能和谁同登此阁呢？后半是即景引出的历史感慨。第三句直用晏几道的词，晏句本是言情之作，但饶公借来咏史，用来凭吊康有为，却也别具一种风味。末句暗用《晋书·索靖传》荆棘铜驼之典，皇宫门前的铜驼已淹没在蔓草之中，历史何其相似，这小小的蔓草向来都能验证历史的兴废。

承德避暑山庄^① 远眺围墙

车书混一^②信无俦^③，来往燕云十六州^④。
想见木兰秋祢^⑤罢，武功文治已全收。^⑥

①承德避暑山庄：清代皇帝避暑和处理政务的行宫，位于今河北省承德市北部。始建于1703年，历经清康熙、雍正、乾隆三朝，耗时89年建成。

②车书混一：秦始皇统一中国，实行书同文、车同轨，统一文字和度量衡。宋·罗大经《鹤林玉露》载金废帝完颜亮题诗："混一车书四海同。"

③无俦：没有能够与之相比。汉·蔡邕《弹棋赋》："放一散六，功无与俦。"

④燕云十六州：又称"幽云十六州""幽蓟十六州"，指中国后晋天福三年（938）石敬瑭割让给契丹的位于今天北京、天津以及山西、河北北部的十六个州。

⑤秋祢：指秋天的畋猎，亦作"秋狝"。战国·鲁·左丘明《左传》："春搜、夏苗、秋狝、冬狩，皆于农隙以讲事也。"

⑥"武功"句：饶公自注："'木兰'为满语弋猎，以习射为八旗传统。入关后尚然，文治武功并重，至乾隆行之，不坠祖训。余在山庄，借《热河志》一检，知嘉庆而后，其事遂废，习于汉化，而清廷也不振矣。"

【笺】

1980年秋，饶公应文物出版社王仿子社长之邀，在出席成都第三届古文字学术年会后，即到全国各地进行学术考察，历时近三个月，行程达数万里。期间曾到承德，此诗写游避暑山庄，远眺其围墙，由当年皇家畋猎的兴废，而看到清王朝衰落的原因。前半写清朝起家于武功，以武力纵横燕云之地，最终统一全国，有如当年秦始皇的混一车书。后半写嘉庆之后畋猎遂废，武功不振，清廷遂陷入内忧外患。秋祢一罢，清朝所谓的武功文治也就全部收起来了，这是饶公作为史学家的独特视角，可谓见微知著。

题烟雨楼^① 六言^②

杨柳沿堤绿绕，夕阳山背红酣。

莫问前朝烟水，断肠塞北江南。^③

①烟雨楼：避暑山庄的景点之一，建于乾隆四十五年（1774），位于澄湖中青莲岛上，楼仿浙江嘉兴南湖烟雨楼而建，为两层楼阁。面阔五间，进深三间，回廊环抱。

②此诗用宋·王安石《题西太一宫壁》"杨柳鸣蜩绿暗，荷花落日红酣。三十六陂春水，白头想见江南"诗韵。

③"莫问"二句：乾隆题烟雨楼诗有句曰："低论南吴与北塞，敢忘后乐与先忧。凭栏俯视清冷境，武列鸳湖异水不？"

【笺】

这首六言绝句是步王安石《题西太一宫壁》的诗韵来写烟雨楼。前半写景，字面的"杨柳……绿绕""夕阳……红酣"也是直套王安石诗句。后半的"前朝烟水""塞北江南"都与乾隆的题诗有关，再加上"莫问""断肠"两个颇具感情色彩的词，借此来抒发其历史兴亡之感慨。

曾宪通《选堂访古随行纪实》一文详细记载了以上两首诗的创作过程："第四天（按：即1980年11月4日）上午9时到山庄宫殿区参观……山庄文物店就在假山后面的二楼，应文物店主人的邀请，先生在雪白的宣纸上写下两首山庄即景诗：一曰《题烟雨楼用王荆公韵》……二曰《山庄远眺围场》……数天来在山庄的耳闻目见，尽在字里行间，围观者不禁为之喝彩。"

中条山^①

（二首选一）

何处潺潺见玉溪^②，春归可复有莺啼。^③

荒原踯躅^④无人径^⑤，宿雨^⑥缠绵覆井泥^⑦。

①中条山：位于山西省西南部，因居太行山及华山之间，山势狭长，故名中条。

②玉溪：饶公自注："李义山故居在芮城附近。"李商隐，字义山，号玉溪生。

③"春归"句：暗用唐·李商隐《天涯》诗"莺啼如有泪，为湿最高花"诗意。

④踯躅：徘徊不进貌。《乐府诗集·焦仲卿妻》诗："踯躅青骢马。"

⑤无人径：唐·王维《过香积寺》诗："古木无人径。"

⑥宿雨：夜雨，经夜的雨水。隋·江总《诒孔中丞奂》诗："宿雨润条枚。"

⑦井泥：《易·井卦》："井泥不食。"汲水之井，为泥淤塞，污浊不能食，渐废弃为旧井。

【笺】

此为饶公过中条山芮城李商隐故居之作。首句的"玉溪"既是现实的潺潺清溪，也暗指李商隐。因李商隐有名句曰："莺啼如有泪，为湿最高花"，故饶公在第二句暗用其诗意，言如今又是春归时节，不知是否还能听到当年李商隐诗中所写之"莺啼"。后半写饶公独自踯躅于荒原之上，野径无人，萧条落寞，而李商隐的故居如今也已残破不堪，只剩下经夜的春雨缠绵地落在废井之上。言外有不见古人之惆怅，也寄托了饶公对李商隐的凭吊之情。

渭水①

长河曲折向东流，莽莽黄沙万里愁②。
独上寒原天尽处，群山如马③竞低头。

①渭水：黄河的第一大支流，发源于甘肃省渭源县鸟鼠山，由陕西潼关汇入黄河。全长787公里，流域包括甘肃、宁夏、陕西三省区。

②黄沙万里愁：唐·岑参《玉门关盖将军歌》诗："黄沙万里白草枯。"

③群山如马：宋·敖陶孙《洗竹简诸公同赋》诗："西望群山如过马。"

【笺】

此诗纯为写景，音韵嘹亮，是所谓的唐音。前半写渭水曲折东流，黄沙万里，已是气势十足。后半更进一层，言独立于寒原天尽之处，眺望远方，但觉群山如马，争来低头，将老杜那种"会当凌绝顶，一览众山小"的气概进行了另一番演绎。

莫高窟^① 题壁

辛酉九秋访莫高赋此。记唐人咏诗有句云："雪岭干青漠，云楼架碧空。重关千传日，旁出四天宫。"古迹灵奇，莫可殚究矣。

河湟^②入梦若悬旌^③，铁马坚冰^④纸上鸣。

石窟春风香柳绿，他生愿作写经生^⑤。

《苑俊集》（选十二首）

①莫高窟：俗称千佛洞，位于河西走廊西端的敦煌，以精美的壁画与塑像闻名于世。始建于十六国前秦时期，历经十六国、北朝、隋、唐、五代、西夏、元等时期，代兴有建，规模渐巨，现有洞窟 735 个、壁画 4.5 万平方米、泥质彩塑 2 415 尊，为世界上现存规模最大、内容最丰富的佛教艺术胜地。近代以来又发现藏经洞，内有 5 万多件古代文物，并衍生出专门研究藏经洞典籍与敦煌艺术的学科——敦煌学。

②河湟：今青海省与甘肃省境内的黄河和湟水流域。湟水是黄河上游支流，源出青海东部，流经西宁，至甘肃兰州西汇入黄河。五代·后晋·刘昫等《唐书·吐蕃传》曰："世举谓西戎地曰河湟。"

③悬旌：原指挂在空中随风飘荡的旌旗。《战国策·楚策一》："寡人卧不安席，食不甘味，心摇摇如悬旌，而无所终薄。"后以"悬旌"喻心神不宁静。

④铁马坚冰：宋·陆游《十一月四日风雨大作》诗："铁马冰河入梦来。"

⑤写经生：唐朝时政府雇用的负责抄写经书的书手。

【笺】

此诗作于 1980 年深秋。饶公对敦煌学颇有研究，对莫高窟神往已久。曾宪通在其《选堂访古随行纪实》一文中说："饶先生是海内外著名的敦煌学大家。早年即有《老子想尔注校笺》之作，其后又在法国与著名汉学家戴密微教授合著《敦煌曲》，及出版《敦煌白画》《敦煌本文选》等著作，为敦煌学研究增添异彩。前不久又为日本二玄社编纂《法藏敦煌书法》二十九册，在国际敦煌学界享有盛誉。先生这次到敦煌来作实地考察……几乎每个洞窟、每卷画卷和经文，都对饶先生产生无穷的吸引力。在离开千佛洞前夕，先生作《莫高窟题壁》诗云。"

此诗正是在这种背景下写成的。前半言从前未到莫高窟，常常梦入河湟，并为此激动不已，久久不能平静。而历史上的铁马踏过敦煌坚冰的鸣声，诗人常常能在遗留的唐人写卷上感受到。后半写今天终于一偿夙愿，亲到敦煌，面对着这石窟春风、香柳摇绿，何等的心旷神怡，饶公由此而萌发出他生愿在敦煌作一个抄写经书的书手之愿望。这首诗寄托了饶公对敦煌深厚的情感，这也是他的敦煌学研究能取得巨大成就的原动力。

武夷① 杂咏

千秋嘉会忆鹅湖②，吾道从知德不孤③。
旧构荒坛巢水鹤，当年曾刻六经图。④

①武夷：即武夷山。通常指位于福建省武夷山市西南的小武夷山，被称为"福建第一名山"，属典型的丹霞地貌，素有"碧水丹山""奇秀甲东南"之美誉，是首批国家级重点风景名胜区之一。其中，天游峰有"天下第一险峰"之称。萧子升《建安记》："武夷山高五百仞，岩石悉红紫二色，望若朝霞。……顾野王谓之地仙之宅。半岩有县棺数千。传云昔有神人武夷君居此，故名。"

②鹅湖：江西省铅山县北荷湖山，有湖，多生荷。晋末有龚氏者，畜鹅于此，因名鹅湖。南宋淳熙二年（1175），朱熹与吕祖谦、陆九渊兄弟讲学于鹅湖寺，后人为立四贤堂。淳祐中赐额"文宗书院"，明正德中徙于山巅，改名"鹅湖书院"。唐·张演《社日村居》诗："鹅湖山下稻粱肥，豚栅鸡栖对掩扉。"元·脱脱等《宋史·儒林传四·陆九渊》："九渊尝与朱熹会鹅湖，论辩所学，多不合。"

③德不孤：《论语·里仁》："子曰：'德不孤，必有邻。'"

④"旧构"二句：饶公自注："从江西入闽，经铅山鹅湖书院。清中叶乡人郑之侨宰此县，著有《鹅湖讲学会编》，又刻《六经图》，书俱存。"按：郑之侨（1707—1784），字茂云，号东里，潮阳举练都金浦乡人。雍正十三年（1735）举人，乾隆二年（1737）进士，授江西铅山县令，历升饶州府同知，署广西柳州府知府、湖南宝庆知府、山东济东泰武道员、湖广安襄郧兵备道。

【笺】

饶公从江西入福建，途经铅山鹅湖书院，故有此作。鹅湖书院是宋代理学家朱熹、吕祖谦、陆九渊兄弟讲学辩论之地，在中国文化史上有重要的地位。诗的前半点明了饶公对朱陆鹅湖之会的向往，并由此想到孔子所说的"德不孤，必有邻"，即有德者必不孤单，一定会有志同道合者。后半言同乡前贤郑之侨在清朝中期曾在此作县令，曾刻有《六经图》等书。虽然当年的旧构讲坛已经荒废，只剩水鹤栖息，但郑之侨的著作犹在，真正的经典，必长存于天地之间。

大同华严寺展出秘笈，有雍正本《金光明经》，前为宋慈觉大师宗颐序文。记《宋史·艺文志》著录僧宗颐《劝孝文》，深喜名与之同，或有宿缘，因而赋此

同名失喜①得名僧，代马②秋风事远征。
托钵③华严宝寺畔，何如安化④说无生⑤。

①失喜：喜极不能自制。唐·宋之问《牛女》诗："失喜先临镜，含羞未解罗。"
②代马：北地所产良马。代，古代郡地，后泛指北方边塞地区。南朝·梁·萧统《文选·曹植〈朔风诗〉》："愿骋代马，倏忽北徂。"刘良注："代马，胡马也；倏忽，疾也；徂，往也。言驰胡马疾行而北往也。"
③托钵：手托钵盂。指僧人赴斋堂吃饭或向施主乞食。钵，梵语"钵多罗"的音译略称，意为应器，比丘的食器。《联灯会要·雪峰义存禅师》："钟未鸣，鼓未响，托钵向甚么处去？"
④安化：安于大化。宋·苏轼《归去来集字十首并引》："乘化欲安命。"
⑤说无生：《大宝积经》："无生者，非先有生，后说无生，本自不生，故名无生。"

【笺】

饶公佛学修养精深，对于因缘有其独特的体验。此首是其游山西大同华严寺时，见到雍正本《金光明经》前署有"宋慈觉大师宗颐"的一篇序文，他学识渊博，马上联系到《宋史·艺文志》著录有僧宗颐的《劝孝文》，他断定两者为同一个人，是宋代一位法名"宗颐"的高僧，正好与他同名，所以他非常高兴，疑有宿缘。饶公曰："父亲为我取名'宗颐'，是期望我师法宋五子之首周敦颐。因缘巧合，后来在山西华严寺、日本大德寺均有过一位主持叫'宗颐'，我想或许他们就是我的前身。"（饶宗颐、陈韩曦：《选堂清谈录》，北京：紫禁城出版社 2009 年版，第 3 页）正是基于这样的一个文化背景，饶公写下这首诗来表达他的喜悦之情。首句点明与宋代高僧同名这样一个事实，并因此而产生一种前世今生之感，故第二句想象如果自己前世真的是这位高僧，那么他远在山西大同，就如同骑着代马在秋风里进行一次远征一样。后半想象这位高僧在山西大同的华严宝寺之畔，托钵行脚，进行宗教的修炼。饶公欣羡之至，多么希望他就是自己的前世，能够安于大化，达到佛家所说的"无生"之境界。

翠屏山①

悬渡②从知理不诬③，玲珑杰观出虚无。
却于冥漠④高寒处，悟到阴晴众壑殊。⑤

①翠屏山：北岳恒山，主峰分东、西两峰，东为天峰岭，西为翠屏山，在今山西省浑源县境内。

②悬渡：唐·段成式《酉阳杂俎》："乌耗西有悬渡国，山溪不通，引绳而渡，朽索相引二千里。"

③不诬：不妄，不假。汉·戴圣编纂《礼记·表记》："是故君有责于其臣，臣有死于其言，故其受禄不诬。"

④冥漠：玄妙莫测。南朝·宋·朱昭之《难顾道士夷夏论》："夫鬼神之理，冥漠难明。"

⑤"悟到"句：唐·王维《终南山》诗："分野中峰变，阴晴众壑殊。"

【笺】

翠屏山为北岳恒山两大主峰之一。恒山素以高险峻峭著称，饶公首句言到此方知传说中的悬空驾索道飞渡，果然不假。恒山因其险峻，许多建筑都依险而建，极尽天工，比如悬空寺就是悬空建于万丈悬崖之上。故饶公次句赞叹道：如此玲珑杰观，竟如建于虚空之中。但是，饶公并没有停留在这些奇巧的表象之上，后半笔锋一转，升华到更具哲理的一层诗意：在这冥漠高寒之处，顿悟到了王维"阴晴众壑殊"的诗理。王维《终南山》诗曰："分野中峰变，阴晴众壑殊。"饶公借其诗意来写万物各有其自性，众生虽一体，其相各殊异。饶公另有诗云："物论由来齐不得，且从濠上数游鱼。"都是在说应包容万物各自之"异"，不着我相、人相、众生相，才能避免世俗中无谓的纷争。饶公以哲人之眼观物，入之于诗，乃能洞照九幽，顿生慧果。此首也是饶公所提倡并践行创作的"形而上诗"。

白杨宾馆写所见景物率题

异域无须论主宾，寥天①者一荆蛮民②。
移来三两倪迂柳③，荇藻湖边作好春。

①寥天：《庄子·大宗师》："安排而去化，乃入于寥天一。"郭象注："安于推移，而与化俱去，故乃入于寂寥而与天为一也。"

②荆蛮民：饶公自注："余作画每自署'今荆蛮民'。"按：元朝名画家倪瓒号"荆蛮民"，饶公服膺倪氏，故自署"今荆蛮民"。

③倪迂柳：倪瓒生性怪僻，又自号"倪迂"，擅画柳，饶公每临摹之。

【笺】

此首为饶公游新西兰南岛时所作。白杨宾馆前湖光山色、风景如画，饶公此诗亦以画笔写之。首句言虽身处异国，但无须论谁是主谁是宾，且在这寥廓的天空之下闲置"我"这个荆蛮民。眼前的垂柳就好像是从倪瓒的画中移来的一样，在这满是荇藻的湖边，作就一番春色。

千帆①日昨自南京来书，适有洞庭之行，报之以诗

丹青画出古今愁，芳草萋萋②镜里游。
看尽白萍皆不是，③思君心系木兰舟。

①程千帆：（1913—2000），原名逢会，改名会昌，字伯昊，四十以后，别号闲堂。千帆是其曾用过的许多笔名之一，后来就通用此名。祖籍湖南宁乡，历任金陵中学、金陵大学、四川大学、武汉大学教职，1978年任南京大学教授。在校雠学、历史学、古代文学、古代文学批评领域均有杰出成就。

②芳草萋萋：唐·崔颢《黄鹤楼》诗："芳草萋萋鹦鹉洲。"

③"看尽"句：唐·温庭筠《望江南》词："过尽千帆皆不是。"

【笺】

程千帆是当代大学者，也是饶公的好友。饶公游洞庭之前，曾接到程氏来信，因此于途中写下此诗以寄之。饶公游踪所过，每有写生之画，故首句借丹青来引出古今愁。次句既是眼中洞庭之景，也是笔下丹青之象，以"镜里"喻洞庭湖。后半化用温庭筠词意，言"看尽白萍皆不是"，不是什么呢？不是千帆。所以末句用"木兰舟"来代喻千帆，以"思君心系"来写其思念之切。

程千帆《题饶选堂诗词集》曰："硕学罕俦，妙才无对。高情踵谢，戛力追韩。胜缘凤具，游屐遍于瀛寰；微尚足征，灵襟布诸篇什。固已度越前修，导先来叶。敬题数语，聊志钦迟。辛未初冬，程千帆读遍。"（《闲堂诗文合钞》）足见二公惺惺相惜之情，亦为当代学林之佳话也。

《江南春集》

（选十五首）

1985 年，浙江

自序

一九八五年春，梁锲斋有邓蔚、超山赏梅之约，程十发复为安排浙东之游，遂遍历会稽、天台、雁荡诸胜，得诗一卷，聊记行踪云。

蟠螭山石壁[1]

虚谷[2]憨山[3]去不还，孤根蟠结石垣间。
片帆安稳波千顷，七十二峰薮上山。[4]

[1]蟠螭山石壁：苏州光福风景区，位于蟠螭山顶，内有石壁精舍，创建于明嘉靖年间。石壁上石刻众多，立于石壁之顶，极目远眺，太湖七十二峰屏列于前，渔帆出没于万顷碧波之中，是观赏湖光山色及太湖渔港景致的绝佳之处。

[2]虚谷：（1823—1896），清代画家，"海上四大家"之一，被誉为"晚清画苑第一家"。俗姓朱，名怀仁，僧名虚白，字虚谷，别号紫阳山民、倦鹤。籍本新安（今安徽省歙县），家于广陵（今江苏省扬州市）。初任清军参将与太平军作战，意有感触，后出家为僧。工山水、花卉、动物、禽鸟，尤长于画松鼠及金鱼。亦擅写真，工隶书。虚谷常住苏州狮子寺、石壁寺，坐化后由其徒狮子寺方丈恬庵扶枢返苏，葬于光福寺石壁山崖畔。

[3]憨山：（1546—1623），明代高僧，俗姓蔡，名德清，字澄印，号憨山，又称憨山大师，全椒古蔡浅（今安徽省和县绰庙先锋村）人。憨山多才多艺，晚通史书，熟谙佛经，工于书法，擅长诗词。隆庆三年（1569），憨山大师结庐于石壁精舍。

[4]"七十"句：宋·刘允《韩山》诗："惆怅昌黎去不还，小亭牢落古松间。月明夜静神游处，三十二峰江上山。"饶公此诗在结构谋篇上多有取法刘允之处。

【笺】

此首写游苏州蟠螭山石壁精舍，章法句式效仿宋代潮州乡贤刘允的《韩山》诗。前半写虚谷、憨山两位禅师当年都曾住于石壁精舍，如今圣贤早已久逝，一去不返，只留老树孤根蟠结于石垣之间。后半写饶公立于山顶，纵望太湖，但见"片帆安稳"，出没于千顷碧波中，而太湖七十二峰隐隐屏列于此泽薮之上。飘飘然令人如临其境。

刘过墓①

风雨渡江②意无前，寒花为子尚嫣然③。
我来三绕龙洲墓，斗酒何人共拍肩④。

①刘过（1154—1206）：南宋文学家。字改之，号龙洲道人。吉州太和（今江西省泰和县）人。少怀志节，读书论兵，好言古今治乱盛衰之变。曾多次上书朝廷，"屡陈恢复大计，谓中原可一战而取"。为韩侂胄客，后韩侂胄败，又屡试不第，漫游江、浙等地，依人作客，与陆游、陈亮、辛弃疾等交游。以布衣终身，逝于昆山，今其墓尚在昆山市马鞍山东麓。著有《龙洲集》《龙洲词》。

②风雨渡江：宋·刘过《沁园春》词："斗酒彘肩，风雨渡江，岂不快哉。""风雨渡江"又暗用宋将宗泽临终三呼"过河"典故，指北上收复失地。

③嫣然：美好貌。南朝·梁·沈约《四时白纻歌·夏白纻》诗："嫣然宛转乱心神。"

④斗酒：见注②。"斗酒彘肩"用鸿门宴上樊哙瞋目视项王，饮斗卮酒、啖生彘肩事，见汉·司马迁《史记·项羽本纪》。拍肩：言亲切友好。晋·郭璞《游仙诗》："左挹浮丘袖，右拍洪崖肩。"

【笺】

刘过是南宋著名的豪放派词人，也是一位主战派人士。饶公过昆山，曾到刘过墓前展谒，因有是作。首句用刘过《沁园春》词意，言刘过渡江收复失地之心风雨无阻，一往无前。次句言墓前的寒花至今犹为刘过嫣然开放，以寄托作者的服膺之情。后半继续将此情推向高潮："我"来三绕刘过之墓，依依不忍离去，想到刘过那么豪气冲天，如今又有谁能再与"我"拍肩共饮斗酒呢？

青藤书屋①

被酒②随车过小溪，榴花老屋③足幽栖④。
葡萄堪作明珠卖，⑤穷巷何人驻马蹄⑥。

①青藤书屋：位于今浙江省绍兴市区前观巷大乘弄10号，明代杰出文学家和艺术家徐渭的故居。

②被酒：为酒所醉，犹中酒。汉·司马迁《史记·高祖本纪》："高祖被酒，夜径泽中，令一人行前。"张守节正义："被，加也。"

③榴花老屋：青藤书屋原名榴花书屋。

④幽栖：隐居。元·脱脱等《宋书·隐逸传·宗炳》："南阳宗炳、雁门周续之，并植操幽栖，无闷巾褐，可下辟召，以礼屈之。"

⑤"葡萄"句：明·徐渭《题墨葡萄诗》："笔底明珠无处卖，闲抛闲掷野藤中。"

⑥驻马蹄：元·王恽《鹧鸪引和周幹臣韵中统五年三月十二日夜》诗："门外东风驻马蹄。"

【笺】

饶公诗中带"酒"字的并不多见，他属于冷静型的诗人，不需要借酒使狂。但此首是在明代文坛怪杰徐渭的故居所写，因此首句便出现了"被酒"的字样，狂士门前，聊借酒相吊耳。前半扣紧一"访"字，醉里乘车过了小溪之后，便来到青藤书屋，一见便生"隐居于此，斯愿足矣"之叹。后半由徐渭的名句引出，当年的徐渭是"笔底明珠无处卖"，只能"闲抛闲掷野藤中"，穷老而死，如今徐渭的画却可以卖到天价，葡萄堪作明珠卖了，可是世俗之人只是追名逐利而已，又有谁肯亲来此穷巷——徐渭的故居吊祭一下这位杰出的艺术大师呢？不管是同代还是异代，知己难求，一直是古今艺术家共同的命运，这才是真正的悲哀。

山阴道①上和锲翁②

为爱名山入剡来，③沉沉④迷雾晓初开。
敢将纸上倪迂⑤柳，换取江头何逊梅⑥。

①山阴道：绍兴名胜，在今绍兴市城西南郊外。南朝·宋·刘义庆《世说新语·言语》："从山阴道上行，山川自相映发，使人应接不暇。"

②锲翁：梁耀明（1911—2002），号锲斋，广东顺德人。香港洪社及锦山文社发起人。公余喜游历，擅为绝句，有《听晓山房集》及续集、三集。

③"为爱"句：唐·李白《秋下荆门》诗："为爱名山入剡中。"

④沉沉：深沉貌。南朝·梁·何逊《宿南洲浦》诗："沉沉夜看流。"

⑤倪迂：倪瓒（1301—1374），元代画家、诗人，性情孤僻狷介，有洁癖，世称"倪迂"。饶公酷嗜云林画。

⑥何逊梅：南朝·梁·何逊有《扬州法曹梅花盛开诗》（即《早梅诗》），注云："逊为建安王水曹，王刺扬州，逊廨舍有梅花一株，日吟咏其下，赋诗云云。后居洛思之，再请其任，抵扬州，花方盛开，逊对花彷徨，终日不能去。"

【笺】

此首是饶公与梁耀明同游山阴道所作。首句直用太白诗句，次句写清晨出游，沉雾初开，为后半造势。后半突发奇想，倪迂以画柳著称，何逊以咏梅闻名，"倪迂柳""何逊梅"已经不是普通的柳和梅，而成了一种文化符号、一种诗情画意的象征。饶公以纸上倪瓒之柳来换取江头何逊之梅，而何逊、倪瓒又相距近千年，真有点"穿越"的味道，令人匪夷所思，进入一种亦幻亦真的艺术境界。

放鹤亭①

瘦枝千唤始含苞，独鹤还思下九皋。②
商略黄昏湖外雨，③题襟④兴味属吾曹⑤。

①放鹤亭：在江苏徐州云龙山之巅，为彭城隐士张天骥于1078年所建。苏轼有《放鹤亭记》。

②"独鹤"句：《诗·小雅·鹤鸣》："鹤鸣九皋，声闻于野。"九皋：九折泽，泽中水溢出称一折，九折泽指极远处。

③"商略"句：宋·姜夔《点绛唇》词："商略黄昏雨。"商略：准备。

④题襟：唐温庭筠、段成式、余知古尝题诗唱和，有《汉上题襟集》十卷。后遂以"题襟"谓诗文唱和抒怀之情。

⑤吾曹：犹我辈，我们。《韩非子·外储说右上》："吾曹何爱不为公。"

【笺】

首句写亭边之梅，千唤始含苞，花能自重，故不轻放，这是借用元好问《与儿辈咏未开海棠》中"珍重芳心莫轻吐，且教桃李闹春风"之诗意。次句用《诗经》"鹤鸣九皋"之意，写鹤虽独而"还思下九皋"，"还思"为鹤翔蓄满气势，"下"一字千钧，将气势放出，掷地有声。古之善用"下"字者，莫善于屈原，《离骚》的"周游乎天余乃下"，《九歌·湘夫人》的"洞庭波兮木叶下"，饶公此句可谓得其神韵。近人郭介梅《送印光大师到报国寺闭关》诗也有句曰："老鹤盘空下九皋"，亦称佳句难得。

后半化用姜夔词意，将其名句"商略黄昏雨"中间添一"湖外"，意谓上天准备着这黄昏湖外雨，正是为了给我辈题诗助兴。此中兴味，也只有吾曹之流才能欣赏。饶公这类写法颇多，如《题画诗》的"波光一抹属诗人"，《白堤夜步》的"天遣寻诗三两辈，白堤占尽一湖春"，意思都相近。

兰亭三首柬青山翁①

（三首选一）

依旧崇丘集茂林②，江干③还欲盍朋簪④。
登楼四面谁堪语，惟有青山共此心。⑤

①青山翁：青山杉雨（1912—1993），名文雄，字杉雨，以字行。日本当代书法名家。
②崇丘集茂林：晋·王羲之《兰亭集序》："此地有崇山峻岭，茂林修竹。"
③江干：江畔。南朝·梁元帝《乌栖曲》诗："共泛江干瞻月华。"
④盍朋簪：指朋友聚会。《易·豫》："朋盍簪。"王弼注："盍，合也；簪，疾也。"孔颖达疏："群朋合聚而疾来也。"
⑤"登楼"二句：饶公自注："羲之友契许迈，以恒山近人，四面藩之，登楼与语，以此为乐。"

【笺】

青山杉雨是日本的书法名家，兰亭是王羲之当年创作千古名作《兰亭集序》的地方，饶公游兰亭有感于怀，写了三首七绝寄给青山杉雨，这是第三首。首句用《兰亭集序》中语写景。次句言过兰亭想起当日的雅集，因此想与好友共聚在此江畔。后半由登楼见四面青山，而想到知己青山杉雨，只有"青山"能知此心。此处的"青山"一指实际的青山，一指青山杉雨，且暗用许迈典，一语而三关。饶公笃于友道，此诗可略见一斑。

黄岩①

手破黄柑嚼愈甘，居然乡味②有同谙。
凄迷野色堤头柳，扶梦和烟下浙南。

①黄岩：今浙江省台州市黄岩区。
②乡味：指家乡特有的食品。唐·元稹《春分投简阳明洞天作》诗："乡味尤珍蛤。"

【笺】

　　此为游浙江台州黄岩之作。首句的"破"字看似很粗，其实很雅，是从周邦彦《少年游》中的"纤手破新橙"而来。因为饶公的故乡广东潮州盛产柑，故一吃到柑，饶公就勾起了乡思，这就是所谓的"乡味有同谙"。后半犹如一幅轻描淡写的水墨画，车开在野色凄迷、万柳垂青的堤路上，恍如"扶梦和烟"，飞驰过浙南。与李白的"两岸猿声啼不住，轻舟已过万重山"有异曲同工之妙。

双珠谷①

绝壁天留巨壑溇②，从来积健始为雄③。
悬空千丈明珠滴，上代④何人此豢龙⑤。

①双珠谷：雁荡山名景，因谷内有白珠泉和隐珠瀑二景，故名双珠谷。
②溇：谓水会合。南朝·宋·谢灵运《于南山往北山经湖中瞻眺》诗："仰聆大壑溇。"
③积健始为雄：唐·司空图《二十四诗品》："返虚入浑，积健为雄。"
④上代：指夏商周及其以前的时代。晋·陆云《答兄平原》诗："伊我世族，太极降精。昔在上代，轩虞笃生。"
⑤豢龙：战国·鲁·左丘明《左传·昭公二十九年》："（蔡墨）对曰：'昔有飂叔安，有裔子曰董父，实甚好龙，能求其耆欲以饮食之，龙多归之。乃扰畜龙，以服事帝舜。帝赐之姓曰董，氏曰豢龙，封诸鬷川，鬷夷氏其后也。'"汉·王充《论衡》："古者畜龙，故国有豢龙氏，有御龙氏。"

【笺】

雁荡山双珠谷以瀑布著称。首句言绝壁的巨瀑乃上天所留，非人力所能造。次句由绝壁之景而写理：从来只有积健才能为雄。第三句又回到瀑布本身，写其气势之恢宏。末句由"双珠谷"之名而联想到二龙戏珠，因此发一问曰：远古时代是谁曾在此处养龙呢？全诗四句，前后都是一写景一言理，并且理都由景引伸而出。饶公笔下的山水，常有理趣，这也得益于其深厚的说理功夫。他不满于中国诗历来缺乏"理趣"的情况，所以有意在这方面进行尝试，他曾言"说理诗"的高明者必须"将理融入情、景之中：或写理于景（物色），或以物色拟理，或独言'物'而不讲理，将理消融在物色里面"（饶宗颐：《文辙——文学史论集》，台北：台湾学生书局 1991 年版，第 913 页）。像这首诗就很好地运用了"以物色拟理"的手法，所拟之理，都和物色紧密相关。

半月天峭壁①

石罅②斜窥月半天，悬泉③终日但潺然④。
谷音⑤谁解无哀乐⑥，且听仙禽⑦奏管弦。

①半月天峭壁：雁荡山东石梁洞洞顶巨石有一条缝隙，光线射入洞内池中其形似"半月"，故名"半月天"。

②石罅：石间空隙。宋·陆游《南门散策》诗："石罅生棘茨。"

③悬泉：瀑布。唐·张九龄《入庐山仰望瀑布水》诗："绝顶有悬泉。"

④潺然：水流之声。宋·曾巩《游信州玉山小岩记》："行十余步，上下有水声潺然。"

⑤谷音：唐·吴筠《心目论》："闻韶而若听谷音。"

⑥无哀乐：三国·魏·嵇康著有《声无哀乐论》。

⑦仙禽：指鹤。唐·欧阳询等《艺文类聚》引《相鹤经》："鹤，阳鸟也，而游于阴，盖羽族之宗长，仙人之骐骥也。"南朝·宋·鲍照《舞鹤赋》："伟胎化之仙禽。"

【笺】

首句状半月天之景象，开门见山，直扣诗题。第二句宕开一笔写瀑布终日潺潺，由流水之声而引出后半的谷音和鹤鸣。第三句用了倒装，其本意是：谁解谷音无哀乐。后半言谁能解得谷音本无哀乐，且听这鹤鸣如奏管弦。此诗是以一个音乐家的感触来写的，令人读后兴感无端，如闻天籁。

小龙湫[①]

欲洗人间万斛愁[②]，振衣[③]漱石[④]小龙湫。
峻流[⑤]不为岩阿[⑥]曲，犹挟风雷占上游。

①小龙湫：雁荡山名胜，又名小瀑布，在灵岩寺右后方隐龙嶂底，落差五十余米。

②万斛愁：南北朝·庾信《愁赋》："惟将一寸心，贮此万斛愁。"斛，量器名，古以十斗为斛，后又以五斗为斛。万斛，形容极多。

③振衣：抖去衣尘。战国·楚·屈原《楚辞·屈原·渔父》："新浴者必振衣。"

④漱石：南朝·宋·刘义庆《世说新语·排调》："孙子荆年少时，欲隐，语王武子'当枕石漱流'，误曰'漱石枕流'。王曰：'流可枕，石可漱乎？'孙曰：'所以枕流，欲洗其耳；所以漱石，欲砺其齿。'"

⑤峻流：湍急之流。唐·秦韬玉《仙掌》诗："已擘峻流穿太岳。"

⑥岩阿：山之曲折处。汉·王粲《七哀诗》："岩阿增重阴。"

【笺】

前半写来此小龙湫，如新浴者必振衣，效孙子荆之漱石。欲借瀑布之水洗尽人间的万斛重愁。后半是即景而生的理语，感慨瀑布峻流，不管岩阿如何曲折，它都不为其所扭曲，而是以堂堂之阵势挟风雷，力占上游，再飞流直下。这便是饶公所说的"说理诗"的至境："独言'物'而不讲理，将理消融在物色里面。"

龙西镇[①] 和锲翁[②]

荡上青鞵[③]踏紫泥，随阳去雁[④]任东西。
奇峰处处如刀剪，割出春云与嶂齐。

①龙西镇：今温州市龙西镇。

②锲翁：梁耀明，见《山阴道上和锲翁》注②。

③青鞵：即青鞋，指草鞋。唐·杜甫《发刘郎浦》诗："黄帽青鞋归去来。"

④随阳去雁：《尚书·禹贡》："阳鸟攸居。"孔安国传："随阳之鸟，鸿雁之属。"唐·杜甫《同诸公登慈恩寺塔》诗："君看随阳雁，各有稻粱谋。"

【笺】

此首为饶公在温州龙西镇道中和梁耀明之作。前半写由江行而上岸，见天际之去雁，而生离别之慨。很快就要与锲翁道别，如"随阳去雁"各奔东西，因此要特别珍惜此时此境，遂引出后半的眼前景：且共赏这犹如剪刀般的奇峰，割出春云齐飞于列嶂之上。后半以山峰喻刀剪，柳宗元《与浩初上人同看山寄京华亲故》诗"海畔尖山似剑芒，秋来处处割愁肠"有过类似的写法。关于割云的意境，康有为在《在桂林得佳石示桂中学者》诗中曾写过"割取烟云几案前"之句，饶公将两者糅而为一。

和锲翁① 雁顶生朝②

最艰危处且逍遥，觅句丰干③兴自饶。
济胜④随君忘远近，万峰如蕊度花朝⑤。

①锲翁：见《山阴道上锲翁》注②。
②雁顶生朝：指作于雁荡山顶的生日诗。
③丰干：唐代高僧，生卒年不详，生活于公元七八世纪，唐玄宗开元初前后在世。剪发齐眉，衣布袋，居天台山国清寺。有《壁上诗》二首。
④济胜：攀登胜境。清·赵翼《偕孙渊如汪春田两观察游牛首山》诗："衰老自怜难济胜。"
⑤花朝：旧俗以农历二月十五日为"百花生日"，故称此日为"花朝节"。宋·吴自牧《梦粱录·二月望》："仲春十五日为花朝节，浙间风俗，以为春序正中，百花争放之时，最堪游赏。"

【笺】

梁耀明在雁荡山顶写有一首生日诗，饶公此首为和作，为好友祝寿。前半写梁耀明在雁荡山的快意之游，在最艰危的山顶寻觅逍遥之境，兴致勃勃地寻找唐代高僧丰干的诗句。后半表达了欲随好友共游山水，在万峰如花蕊的美景中为好友庆生的愿望。末句可谓神来之笔。

超山有唐宋梅各一株①

超山青眼逾天台，②的皪③寒花待客来。
词笔春风④谁及我，一旬看遍宋唐梅。

①杭州超山素以"十里梅海"著称，为杭州一大旅游胜地。大明堂、浮香阁等景区至今还有"唐梅""宋梅"等珍稀古梅。

②"超山"句：天台山国清寺有隋代古梅，至今已有1 400多年。此句言诗人对超山唐宋梅之重视更逾于天台山国清寺的隋代古梅。

③的皪：光亮、鲜明貌。汉·司马相如《上林赋》："明月珠子，的皪江靡。"

④词笔春风：宋·姜夔《暗香》词："何逊而今渐老，都忘却，春风词笔。"

【笺】

前半写杭州超山的唐宋梅比天台山的隋梅还令诗人喜爱，而梅也有情，正怒放着的皪寒花，待"我"来访。后半言姜夔当年的春风词笔何等得意，但也不及"我"如今一旬就看遍唐宋古梅的游兴诗情。

白堤① 夜步

（二首）

休向湖边问结庐②，平林烟水共模糊。③
漫从④花港观鱼⑤处，戏写夜山入梦图。⑥

①白堤：原名白沙堤，是杭州市区与西湖风景区相连的纽带，东起"断桥残雪"，经锦带桥向西，止于"平湖秋月"，长达2里。在唐即称白沙堤、沙堤，在宋、明又称孤山路、十锦塘。

②结庐：南朝·梁·萧统《文选·陶渊明〈杂诗〉》："结庐在人境。"李善注："结，犹构也。"

③"平林"句：唐·李白《菩萨蛮》词："平林漠漠烟如织。"

④漫从：聊从，且从。苏曼殊《海上》诗："漫从人海说人天。"

⑤花港观鱼：杭州西湖十景之一，地处苏堤南段西侧。

⑥"戏写"句：饶公自注："高房山有夜山图。"高房山：高克恭，号房山，山西大同人。元代画家。

【笺】

此首写夜步于西湖白堤，如此人间仙境，想结庐于此的愿望恐怕太奢侈了，不如且尽情欣赏这烟水、平林交融在一起的美景。聊从花港观鱼之处，戏画一幅《夜山入梦图》，袖而归去，不亦快哉！

波光寒色此何辰，弦月①无端②却避人。
天遣③寻诗三两辈，白堤占尽一湖春。④

①弦月：呈半圆形的月亮。指农历初七、初八或二十二、二十三之月。南朝·宋·谢灵运《七夕咏牛女》诗："新明弦月夕。"

②无端：无因由，无缘无故。战国·楚·屈原《楚辞·九辩》："寒充倔而无端兮，泊莽莽而无垠。"王逸注："媒理断绝，无因缘也。"

③天遣：上天派遣。遣，使也。唐·施肩吾《下第春游》诗："天遣春风领春色，不教分付与愁人。"

④"白堤"句：清·黄宗羲《赠征士》诗："小堂占尽一湖春。"

【笺】

此诗言身临西湖的波光寒色之中，真不知今夕何夕。弦月无缘无故得隐于云中，似乎故意避开游人一样。今夜的西湖如此清静，只留下我们几位诗人，好像是被上天派遣来赏尽这白堤的一湖春色。此情此景，宋人姜夔的笔下亦曾仿佛有过："长桥寂寞春寒夜，只有诗人一舸归。"（《除夜自石湖归苕溪》）

《黄石集》

（选七首）

时间未详，美国、加拿大

自序

　　往岁自美赴加，历游大峡谷、黄石公园诸胜。沿途湖光隐秀，山合水沓，应接不暇，辄纪之以诗，都为一帙。刘彦和称"山水方滋"，斯之谓也。因取黄石二诗列首，以名吾集。而喜其山水之佳，但惜无人为之兴咏。川涂皋壤，哀乐之来，吾乌能御？故不能无作。此戈戈者，夸饰文藻，非同圯上之言兵；石濑回溪，待邀谢客以登席。故家乔木，或比拟不于伦；异国烟霞，庶联类以通感。忧伤之采，足为断肠之花；依黯之情，待入无声之画。是为引。

宗颐识

大峡谷

（二首选一）

虎踞龙蟠①势有余，何年天坠此穹庐②。
华原突兀难加点③，鬼面皴④成总不如。

①虎踞龙蟠：形容地势雄壮险要。宋·李昉等《太平御览》卷一百五十六引晋·吴勃《吴录》："刘备曾使诸葛亮至京，因观秣陵山阜，叹曰：'钟山龙盘，石头虎踞，此帝王之宅。'"
②穹庐：毡帐。《乐府诗集·敕勒川》："天似穹庐，笼盖四野。"
③华原：范宽，北宋画家，华原（今陕西省铜川市耀州区）人。擅画山石。加点：用画

笔加以点染。

④鬼面皴：又称鬼脸皴，或称鬼皮皴，传统山水画的皴法之一，适宜用以画山石峰峦。

【笺】

前半总体勾勒大峡谷，地势虎踞龙盘，山如毡帐，犹如天坠。后半言如此突兀的峡谷，即使是范宽的画笔也难以点染。鬼面皴法最能表现险峻的山原，但是用在这里也不足以表现大峡谷的奇险。

甘草关^① 为美加交界

轻车已过万重山，^②未听鸡鸣已夜阑^③。
此地美名甘草口，西征载得片云还。

①甘草关：饶公自注："Sweet grass。"是美国和加拿大的交界处。
②"轻车"句：唐·李白《早发白帝城》诗："轻舟已过万重山。"
③夜阑：夜残，夜将尽时。汉·蔡琰《胡笳十八拍》诗："更深夜阑兮，梦汝来斯。"

【笺】

首句直用太白名句，只是把"舟"换成了"车"，算是捡了个现成。前三句写夜里驱车过甘草关，都是大白话，很好理解。有趣的是末句，意思与诗人徐志摩《再别康桥》的名句"我挥一挥衣袖，不带走一片云彩"相反。但饶公此句似乎不是来自徐志摩的启示，而很可能是受到了清代潮州诗人郑昌时《刘公吟山》诗："清风两袖一挥手，赠我端溪几片云"的影响。

柏克莱^① 秦简日书^② 会议赋示李学勤^③

調时列梦几潜夫，^④楚冢^⑤频惊出异书。
物论由来齐不得，^⑥且从濠上数游鱼。^⑦

①柏克莱：美国加利福尼亚州阿拉米达郡内的一座城市，位于旧金山湾区东北部、奥克兰以北，建制于1878年，为加州大学柏克莱分校所在地。

②秦简日书：睡虎地秦简《日书》，1975年12月在湖北省云梦县睡虎地11号秦墓中出土的一批秦简内容之一。总计有1 155枚（另有残片80片），其内容计有十种：《编年记》《语书》《秦律十八种》《效律》《秦律杂抄》《法律答问》《封诊式》《日书》甲、乙种。

③李学勤：1933年生于北京，历史学家、古文字学家，主要研究中国古代历史文化、古文字学和文献学。清华大学教授，夏商周断代工程专家组组长、首席科学家，中国文字博物馆馆长，前全国政协委员。

④"調时"句：饶公自注："会上论王符者三人。"按：調有诬妄、胡言之意。汉·王充《论衡》有《調时》篇，驳斥将岁、月等时间概念说成是神而且会害人的荒谬看法。王符：（85—162），字节信，安定临泾（今甘肃省镇原县）人。东汉政论家、文学家，无神论者，著有《潜夫论》。

⑤楚冢：此指湖北省云梦县睡虎地11号秦墓，因湖北古属楚地，故称楚冢。

⑥"物论"句：《庄子》有《齐物论》篇，主张齐一万物。饶公此处反其意而用之。

⑦"且从"句：暗用《庄子》知鱼典。《庄子·秋水》："庄子与惠子游于濠梁之上。庄子曰：'鲦鱼出游从容，是鱼乐也。'惠子曰：'子非鱼，安知鱼之乐？'庄子曰：'子非我，安知我不知鱼之乐？'"

【笺】

1983年，在美国柏克莱举办了一场名为"中国占卜灾异学术讨论会"的会议，饶公撰写《云梦秦简〈日书〉剩义》一文参会，该文后收入他与曾宪通合著的《楚地出土文献三种研究·云梦睡虎地秦简日书研究》（中华书局，1993年）。会上，饶公与李学勤讨论甚欢，乃赋诗相赠。首句饶公自注曰："会上论王符者三人。"此处既指会上饶公与李学勤都谈到王符，也有将自己和李学勤比作王符之意。次句点明新出土的秦简《日书》意义重大。后半从讨论会出发，写会上争论热烈。所以饶公调侃说：物论从来就难于齐一，不妨百家争鸣，我们且学学庄子，在濠上好好感受游鱼的快乐吧。

车中即事

（三首选二）

环湖无际尽拖蓝①，雪影澄波月印潭。
浓雾似诗②诗似梦，眼中云物③尽江南。

①拖蓝：五代·荆浩《画山水赋》："远水拖蓝，山色堆青。"
②浓雾似诗：汉代的《诗纬》有《含神雾》篇。

③云物：南朝·梁·刘勰《文心雕龙·比兴》："图状山川，影写云物。"

【笺】

此诗为车中即景之作，首句的"环湖无际"已点出奔车之远，"拖蓝"一词更将车中观水之景写绝，次句又用雪影和月来烘托湖波。后半言浓雾如诗，而诗又如梦，惚兮恍兮，其中有象，眼中云物，都似当日江南之景。王粲《登楼赋》曰："虽信美而非吾土兮，曾何足以少留。"饶公却说异域信美而似吾土，可谓善于适应变化者也。

大木万株据急流，苍山衔雪敞平畴①。
老翁自笑如新妇②，闭置车中强说愁③。

①平畴：平坦的田野。晋·陶潜《癸卯岁始春怀古田舍》诗："平畴交远风。"
②新妇：新嫁娘。《战国策·卫策》："卫人迎新妇。"
③强说愁：宋·辛弃疾《采桑子》词："为赋新词强说愁。"

【笺】

此首写在万山中坐长途车的感觉。前半写在车中看到的景色，只见一条急流横穿于万木之林，远处的苍山有如衔着积雪连亘于平畴之间。后半是一个返老还童式的自我调侃，饶公说："如今我闭置在车中，有如新娘般害羞，只能为赋新词强说愁。"以老翁比新妇，造成强烈的视觉差异，令人读后不禁莞尔。

冰川

（二首选一）

参差林影异桃溪①，残雪数州没众堤。
天外无山非玉垒②，云中有谷即天脐③。

①桃溪：即陶渊明《桃花源记》中的桃源。宋·周邦彦《长相思》词："桃溪换世，鸾驭凌空，有愿须成。"
②玉垒：唐·杜甫《登楼》诗："玉垒浮云变古今。"明·王嗣奭《杜臆》："玉垒山在灌县西。"

③天脐：天的肚脐眼。天脐即"天齐"。汉·司马迁《史记·封禅书》："天齐渊水，居临菑南郊山下者。"唐·司马贞《史记索隐》引解道彪《齐记》："临菑城南有天齐泉，五泉并出。"

【笺】

前半是远景的勾勒，由参差林影逐渐进入冰川之地，一路行来，残雪亘延数州之远，众堤渐没，终于进入一望无际的冰川。后半以一副对联来写冰川奇特之景：天外的雪山都像玉垒山一样雄奇，云中的山谷便是苍天的肚脐。"天脐"一词尤其有趣。此诗是典型的"异域山川剪取还"，这是古人笔下所无的。

和锲斋三首·宾芙①

风光尽在野蔷薇，万玉枝头一片绯②。
最是恼人微雨后，未秋双燕故飞飞。

①宾芙：加拿大阿伯特省的风景区。
②绯：红色。唐·韩愈《送区弘南归》诗："佩服上色紫与绯。"

【笺】

此首是写加拿大阿伯特省的宾芙风景区并韵和梁耀明的诗作。前半从野蔷薇着笔，极写其绚丽。后半用空灵之笔，写秋天还没到，在微雨中，燕子双双成对而飞，颇觉恼人。所恼之处，乃在于燕子成双，而人犹孤独，更加增添了诗人的寂寞之感。

《苍俊集补遗》

（选五首）

收至 2003 年，晚近之作

钱塘江观潮[1]

饱听潮声一霎那[2]，乾坤滚滚此扬波。
春风仍有安澜[3]意，白浪如山脚下过。[4]

[1] 钱塘江潮：中国最壮观的潮汐，位于钱塘江杭州湾入海口。潮头高达 8 米，推进速度每秒近 10 米，气势雄伟，被誉为 "天下奇观"。钱塘潮至迟于东汉形成，东晋之后观潮渐成风俗。每年农历八月十八日，为观潮最佳时间。

[2] 一霎那：一瞬间。清·屠绅《蟫史》："一霎那间成隔世。"

[3] 安澜：南朝·梁·萧统《文选·王褒〈四子讲德论〉》："天下安澜。"李善注："澜，水波也。安澜，以喻太平。"

[4] "白浪"句：唐·李白《横江词》诗："白浪如山那可渡。"

【笺】

此首借钱塘江观潮写其河清之望。前半状钱塘潮之汹涌澎湃，一刹那间潮声骤至，滚滚扬波似乎要将乾坤吞没。后半借题发挥，说春风犹有安澜之意，假如以沧海横流的钱塘潮比喻乱世的话，那么春风安澜就是比喻太平盛世，饶公饱经忧患，但仍期待着这样一个盛世的到来，所以他能在白浪如山之前保持镇定，将其踩在脚下从容而过。观潮如观世，观世如观史，这是饶公的大仁和大智。

题画和查梅壑[1]

玄宰[2]毫端[3]若可呼，九天云水入模糊。
壶公待约方壶起[4]，缩地[5]共成泼墨图。

①查梅壑：查士标（1615—1698），清初书画家。字二瞻，号梅壑散人、懒老。新安（今安徽省歙县、休宁县）人，后寓扬州。画学倪瓒，参吴镇、香光法，笔墨疏简，风神闲散，意境荒寒。与弘仁（渐江）、孙逸、汪之瑞并称为"新安四大家"。

②玄宰：董其昌（1555—1636），字玄宰，号思白、香光居士，华亭（今上海松江）人。万历十七（1589）年举进士，任编修、讲官，后官至南京礼部尚书、太子太保等职。董其昌通禅理、精鉴藏、工诗文、擅书画及理论，为晚明最杰出、影响最大的书画家。

③毫端：笔下。宋·王安石《赠李士云》诗："毫端出窈窕。"

④壶公：仙人。方壶：酒壶。晋·葛洪《神仙传·壶公》："常悬一空壶于坐上，日入之后，公辄转足跳入壶中，人莫知所在。"此句意谓待约壶公从酒壶中起来。

⑤缩地：费长房有缩地之术，能"一日之间，人见在千里之外者数处"（《神仙传》），其术盖学自壶公也。

【笺】

这首题画诗，和的是清初书画家查士标一首诗的韵。前半言纵笔所如，毫端焕发着明代大师董其昌的神韵，笔墨点染成九天云水，进入了氤氲浑成之境。后半言尺幅之中，有千里之势，就像壶公醉后从酒壶中爬起，只有用费长房的缩地之术，才能画成这样一幅淋漓尽致的泼墨图。

题骏骥图

良马已不羁，神骏驰空阔。①
何须待伯乐②，自足追风日。

①"神骏"句：唐·杜甫《房兵曹胡马》诗："所向无空阔。"
②伯乐：春秋秦穆公时人，姓孙，名阳，以擅相马著称，见《列子·说符》。

【笺】

良马已能不受羁缚，神骏奔驰，能"所向无空阔"。既然有此骏马之姿，那么有没有伯乐能发现已经不重要了，因为它自己就能追风逐日。自性具足，不假外求，寄托了饶公对于自足境界的追求。

澄心画展①自题

（二首）

已知不了②可通神，悟到菩提③只近邻。
画笔狂来如发弩，④旧山万仞⑤梦中亲。

①澄心画展：1999年，香港艺术馆举办"香港艺术家系列"展览。饶公应邀举办"澄心画展"。

②不了：饶公自注："张彦远论画忌谨细，曾谓'不患不了，而患于了；既知于了，又何必了'。"

③菩提：佛教名词，梵文Bodhi的音译，意译为"觉""智""道"等。佛教用以指豁然彻悟的境界，又指觉悟的智慧和觉悟的途径。《百喻经·驼瓮俱失喻》："希心菩提，志求三乘。"

④"画笔"句：饶公自注："李义山句云：'狂来笔力如牛弩'，以喻画更佳。"

⑤万仞：形容极高。古时以八尺或七尺为一仞。唐·王之涣《凉州词》诗："一片孤城万仞山。"

【笺】

这首诗是饶公对自身画道的总结。首句申论张彦远论画关于"不了"的说法，不了是《易经》"未济"的精神。世间人，法无定法，然后知非法法也；天下事，了犹未了，何妨以不了了之。画道也是如此，只有做到"不了"，才能达到通神的境界。次句的"悟到菩提只近邻"是一个倒装句，还原过来就是："悟到只邻近菩提"，意谓：已经悟到接近彻悟的境界。这是饶公自谦的说法。

后半化用李商隐诗意，自写其狂态，以尽笔墨淋漓、大气磅礴之兴。末句由画中之景而追忆曩日快游，画中之山已成旧山，诗人尤不能忘情，每于梦中亲近之。后半将狂兴转为柔情，化百炼钢为绕指柔。饶公论书常持"人书俱老"之论，于画亦然。

自画自书不合时，春风著物①竞含姿。
飘然欲置青霄外，坐对苍茫自咏诗。②

①春风著物：宋·苏轼《答李邦直》诗："美人如春风，著物物未知。"

②"坐对"句：唐·杜甫《乐游园歌晦日贺兰杨长史筵席醉中作》诗："独立苍茫自咏诗。"

【笺】

饶公论画每求独造，其《与彭袭明论画书》曰："画道变化无方，良由才大足以振奇而不顾流俗，永不求悦于人，而敢以己折人，此其所以独绝。"所以他是不求"合时"的，"自画自书"，"自"即独造。果能达此境界，则如春风化雨，万物生姿。何谓独造之境，就是将自我飘然置于青霄之外，坐对苍茫，独立咏诗，即钱仲联评价饶公所说的："掉臂游行，得大自在。"

集外诗

（选五首）

题灵山寺①

（二首）

江山珍重潮阳笔②，别去留衣③万古传。
早悟玄门④免朝奏⑤，信知⑥沦谪⑦亦前缘。

①灵山寺：位于广东省汕头市潮阳区西北约25公里的铜盂镇小北山麓。慧能大师嫡传第三代弟子——大颠禅师开创于唐贞元七年（791），由当地巨富朝请大夫洪圭（名大丁）舍地捐资，助成善举。大颠比此寺为西天的灵鹫岭，故名"灵山"。

②潮阳笔：指韩愈的诗。金·元好问《论诗绝句三十首》诗："江山万古潮阳笔，合在元龙百尺楼。"

③别去留衣：清·光绪《潮阳县志》："留衣亭在灵山，昌黎移袁州时，别大颠，留衣于此。后人建亭于山麓，塑公遗像于亭中，今仅留遗址。"

④玄门：指佛教。晋·慧远《三报论》："服膺妙法，洗心玄门。"

⑤朝奏：指韩愈上《论佛骨表》，触怒了唐宪宗，被贬潮州。韩愈《左迁至蓝关示侄孙湘》诗："一封朝奏九重天，夕贬潮阳路八千。"

⑥信知：深知，确知。唐·杜甫《兵车行》诗："信知生男恶，反是生女好。"

⑦沦谪：被贬斥，沦落。唐·李商隐《重过圣女祠》诗："上清沦谪得归迟。"

【笺】

这两首诗不见载于饶公诗词集的各个版本，笔者于《岭海诗家咏灵山》（汕头市政协岭海诗社、潮阳灵山护国禅寺2007年合编）一书中录出。

韩愈因上《论佛骨表》辟佛，而被贬潮州，没想到过潮八月，竟使后世潮州江山易姓为韩。故此诗首句先点出潮州人对韩愈的重视。韩愈虽因辟佛而被贬至潮，但到潮州之后又和高僧大颠过往甚密。此段公案，千古聚讼纷纷。饶公并没有直写，而是宕开一笔，在次句中写韩愈临离潮之际，曾留衣大颠，此事万古流传。然后在后半才稍作议论：韩愈若能早悟玄门的义理，就不必上《论佛骨表》，但假如他不辟佛，也不会被贬潮州，那么也就不会和大颠相遇了，所以韩愈的沦谪似乎是冥冥中早就注定的因缘。饶公对佛学深有研究，对"缘"尤为深信，故此诗实际上对韩愈的辟佛颇有微词。

绝顶初阳手自题，[①]穷愁岭外[②]又栖栖[③]。
望京枉费登临眼，何似灵山听鸟啼。

①"绝顶"句：唐德宗时京兆尹常衮被贬为潮州刺史，曾题"初阳顶"三个大字刻于金山顶。

②岭外：指五岭以南地区。南朝·宋·范晔《后汉书·顺帝纪》："九真太守祝良、交址刺史张乔慰诱日南叛蛮，降之，岭外平。"潮州在五岭之南，故称岭外。

③栖栖：忙碌不安貌。《论语·宪问》："丘何为是栖栖者与？无乃为佞乎？"

【笺】

前半由常衮贬潮曾题"初阳顶"三字于金山说起，言韩愈继常衮之后被贬潮州，穷愁于岭外，栖栖不安。韩愈贬潮后，作《潮州刺史谢上表》，极尽乞怜之能事，末段至云："而臣负罪婴衅，自拘海岛，戚戚嗟嗟，日与死迫，曾不得奏薄伎于从官之内，隶御之间。穷思毕精，以赎罪过，怀痛穷天，死不闭目，瞻望宸极，魂神飞去。伏惟皇帝陛下，天地父母，哀而怜之，无任感恩恋阙惭惶恳迫之至。"这就是饶公"望京枉费登临眼"的来历。真是应了古话"早知如此，何必当初"，如此屈己以乞人主一怜，实在为饶公所不齿。故末句抬出大颠来与韩愈作对比，韩愈如此惶惶乞怜，何如大颠安坐灵山，静听鸟啼。两者境界，真有云泥之别。至此曲终奏雅，信手拈来，而褒贬自见，真乃大手笔也。

1996 年 8 月 19 日潮州市举行
饶宗颐学术讨论会赋谢与会诸君子

（二首）

精义从知要入神，[①]商量肝胆极轮困[②]。
鹅湖何必分朱陆[③]，他日融通自有人。

①"精义"句：《易·系辞下》："精义入神，以致用也。"孔颖达疏："言圣人用精粹微妙之义，入于神化，寂然不动，乃能致其所用。"

②肝胆极轮囷：唐·韩愈《赠别元十八协律六首》诗："穷途致感谢，肝胆还轮囷。"轮囷：高大的样子。形容勇气过人，气魄宏大。

③朱陆：南宋淳熙二年（1175）朱熹与陆九渊在鹅湖寺互相辩难，最后谁也无法说服谁，理学从此分成朱陆两派。

【笺】

1996 年 8 月 18 日至 19 日，"饶宗颐学术研讨会"在饶公的家乡潮州隆重举行，来自中国、美国、法国、日本、荷兰、泰国以及中国香港、中国澳门、台湾等国家和地区的 79 位代表出席了大会。在 8 月 19 日的闭幕式上，饶公朗诵了这两首诗。后刊载于《潮州诗词·2》（潮州市政协潮州诗社，1996 年），饶公各个版本的诗词集只有《清晖集》收录。

首句言论学之精义，贵能入神。何谓入神？就是《易经》所说的"精义入神，以致用也"，要能学以致用。次句的"商量"是后三句的主题，这里的商量也就是朱熹的"旧学商量加邃密，新知培养转深沉"，指商量学问。"肝胆极轮囷"指要有大气魄、大胸怀。果能如此，则现在还不能解决的问题，可论而不争，不必像当年朱熹和陆九渊在鹅湖论学那样分成两大流派而势同水火。须知我辈不能解决的问题，他日自有后来人能融会贯通。饶公生平论学特标一宗旨："学问要接着做，不能照着做。"这是自勉，也是对后学的鞭策和鼓励。

称扬如分①得群公，独学自忻②不苟同。
韩水韩山添掌故，待为邹鲁③起玄风④。

①称扬如分：称赞得很得体，合乎实际。

②自忻：自喜。宋·马致恭《送孟宾于》："白首自忻丹桂在。"

③邹鲁：饶公自注："潮州宋时有'海滨邹鲁'之称。"

④玄风：道风。南朝·宋·萧统《文选·沈约〈宋书·谢灵运传论〉》："在晋中兴，玄风独扇。"张铣注："玄，道。"

【笺】

首句言与会群公对饶公的称扬，饶公颇为称意，觉得恰如其分。第二句为自信之语，平生独学，自喜尚能做到不苟同的境界。后半言此次盛会，足使韩水韩山添加新的掌故。而吾辈之心愿，则是希望能为"海滨邹鲁"之地重新掀起学问的玄风。

和罗忼烈[①]教授

误了平生八十春，不今不古[②]与谁伦？
亦曾俯览秦川小，[③]尤较东坡隔一尘[④]。

①罗忼烈：（1918—2009），广西合浦人。曾任教于培正中学、罗富国师范学院、香港大学、香港中文大学、澳门东亚大学，对诗、词、曲和文字学、训诂学、古音学深有研究。著有《周邦彦清真集笺》《两小山斋论文集》《两小山斋乐府》等。罗忼烈是饶公的好友，此次学术会他写了一首《寿饶宗颐教授八十华诞》诗："甫过东坡十四春，辞章书画两无伦。选翁幸出坡翁后，腹笥应须轶一尘。"

②不今不古：陈寅恪尝谓自己是"不今不古，思想在咸同之间"。语出汉·扬雄《太玄·更》："童牛角马，不今不古。"

③"亦曾"句：宋·苏轼《授经台》诗："此台一览秦川小，不待传经意已空。"秦川：古地区名，泛指今陕西、甘肃的秦岭以北平原地带。因春秋、战国时地属秦国而得名。

④隔一尘：借指相当大的差距。明·王守仁《寄邹谦之》："纵令鞭辟向里，亦与圣门致良知之功，尚隔一尘。"

【笺】

饶公八十大寿，好友罗忼烈有诗为寿，饶公以诗和之。饶公著作等身，功成名就，犹自谦说枉误平生。说起生平治学的宗旨，他言自己是不今不古，陈寅恪也曾说过类似的话，两位大师可谓心有灵犀。太古容易食古不化，太今又容易媚俗趋时，不今不古，这是一种很高的境界，今世又有几人可与伦比呢？后半是回复罗忼烈寿诗中的"选翁幸出坡翁后，腹笥应须轶一尘"。罗忼烈认为饶公已经超过了苏东坡，但饶公谦虚地说："虽然我也曾俯览秦川，一小天下，但比起东坡来，我还是有相当大的距离的。"这是一种自信的谦虚，也是一种谦虚的自信。

附录一　选堂七绝管窥

七绝易写而难工，向来被诗家视为畏途，唐宋以来，工此体者代不过数人而已。诚如司空表圣所云："盖绝句之作，本于诣极，此外千变万状，不知所以神而自神也，岂容易哉！"[1]刘梦芙先生亦谓："传统诗歌诸多体裁中，绝句最易学而极难工。因作古体与律诗，可借书卷，靠功力，长期积累，终有所得，虽中人之材，亦可成家；绝句则纯仗才情，非绝顶聪明，罕有优入圣域者。"[2]盖此中甘苦，古今识者所论一也。

选堂饶宗颐先生于诗无体不工，而以五七言古诗、七言绝句成就最为卓著。其中又以七绝既夥且佳，为饶公诗词中至为重要之一体。钱仲联先生序《选堂诗词集》，誉饶公之诗度越众流，已在公度、南海、观堂、寒柳诸家之上，而于绝句一体尤推挹备至："至于小诗截句，神韵风力，上继半山、白石，下取近贤闽派之长，沧趣楼南海之游诸什，庶几近之，此又黄、康之所望尘莫蹑者已。"[3]夏书枚亦谓："选堂绝句，本甚精妙，时人多以诗格在半山白石之间。"[4]皆评价甚高。本文拟就笔者研读之一得，略为申述，管窥之见，识者政之。

一、内容：纪游题画，尤为擅长

饶公全部诗作有 1 056 首，七绝共 591 首，占 56%。其内容分类详见下表：

分类	纪游	题画	题识	酬赠	咏物	感怀	其他
数量	353	81	70	33	20	17	17

其中纪游之作几占七绝的 60%，且质量上乘，为饶公七绝重中之重。盖饶公飙轮所及，世界五洲已历其四，于大陆亦游历殆遍，曾取顾亭林语刻一印曰："九州历其七，五岳登其四。"《选堂诗词集》中分《佛国集》《西海集》等 22集，大多以所游之地名其集。"故究佛学而履天竺，遂纪佛国之鸿爪；旅瑞士游黑湖，'山色湖光，奔进笔底'，遂得卅绝；寓身巴黎，'登高极目，不觉情深'，遂驱染烟墨，摇襞纸札，即成白山异域之风光；数历扶桑，三莅北美，遂有羁旅伤怀，独谣孤叹，不胜契阔死生、去国伤怀之情；至于《西海》，则挥大秦之奇

境；《南征》则纪爪哇之鸿泥；《揽辔》则纪东瀛之山水，'旅长川，发兴步阮韵'，五日而成八十二首，是为《长川》。此数集者皆写异域之殊俗，绝壤之风光，乃先生诗作之精华者也。"[5]于大陆遨游则有《苞俊集》《江南春集》纪其胜。因下文所举之诗多为饶公纪游之作，故暂不细论。

数量在其次者则为题画、题识之作，题画诗下文将有专节论及。题识涉及诗词、著作、古物等，多属"藏书纪事诗"一类，于学术足资考证，而诗艺则寡特色，故略而少论。其他酬赠、咏物、感怀诸类将散见于下文。

二、格调：向上一路，风骨高骞

风骨高骞，此为饶公七绝之基本格调。饶公 1965 年自序《佛国集》曰："非敢谓密于学，但期拓于境，冀为诗界指出向上一路，以新天下耳目。"[6]"向上一路"后来成为饶公诗学一重要概念。此语源于禅门，盘山宝积禅师曰："向上一路，千圣不传。学者劳形，如猿捉影。"[7]原指不可思议的彻悟境界。王灼《碧鸡漫志》引之论词："东坡先生非醉心于韵律者，偶然作歌，指出向上一路，新天下耳目。"饶公借王灼语论诗并赋予其新意："以积极态度，培养人的精神。"[8]盖吾国诗历来多苦言穷语，少积极向上者，所谓"欢愉之言难工，而愁苦之言易好也"[9]。此殆由诗人胸次不广、境界未高之故也。饶公论诗主向上一路，欲以积极之精神，写向上之境界，以感发人心，陶冶性情。饶公后来将此一理念发展成"形而上诗""形而上词"，为 20 世纪诗词辟一新境，于诗国功莫大焉。明乎此，吾人读饶公七绝，方能知其风骨高骞之来由。兹试举数例：

> 方丈蓬莱在眼前，回波漾碧浩无边。东流白日西流月，扶我珠楼自在眠。
> （《涵碧楼夜宿》）

1947 年饶公为修《潮州志》赴台湾考察，游日月潭涵碧楼，因有是作，时饶公年方而立。此诗已颇具"向上一路"之气象，后半尤佳，驱遣日月，有不可一世之概，此为诗之"刚"也；而"扶"字极妙，此为诗之"柔"也。刚柔并济，悠游自得，仙气十足。末句化自姜夔《平甫见招不欲往》："人生难得秋前雨，乞我虚堂自在眠。"但饶诗豪逸，姜诗闲雅。

> 山花葱倩土膏肥，万木森森欲合围。返照分明开一境，喜无杜宇劝人归。
> （《凡尔赛归途作》）

王摩诘"返景入深林，复照青苔上"，能入禅境，然止于"定"。饶公此"返照"则可谓"定生慧"，更进一层矣。历来他乡游历，多凄苦之辞，饶公异域快游，力破愁茧，而曰"喜无杜宇劝人归"，何等洒脱。此类写快游之悦者还有《中峤杂咏·经 Montlucon 作》："垂柳摇丝陌上新，近溪已见十分春。了无哀乐缠胸次，野旷天寒不见人"，《中峤杂咏·La Cascade de sartre》："尽日车行万叠山，山灵应是笑吾顽。不烦泉石惊知己，一听潺潺亦解颜"，《半月天峭壁》："石罅斜窥月半天，悬泉终日但潺然。谷音谁解无哀乐，且听仙禽奏管弦"等等。

> 欲洗人间万斛愁，振衣漱石小龙湫。峻流不为岩阿曲，犹挟风雷占上游。
>
> （《小龙湫》）

借风涛瀑布写豪情，前人已有之。名作如翁同龢《出宿一舍回首黯然》："风帆一片傍山行，滚滚长江泻不平。传语蛟龙莫作怪，老夫惯听怒涛声。"王壬秋《晓上空泠峡》："猎猎南风拂驿亭，五更牵揽上空泠。惯行不解愁风水，瀑布滩雷只卧听。"翁、王之诗皆有其政治背景，乃借风涛瀑布之声喻群小之音，展现作者豪迈傲兀之气。饶诗则洵是心灵的写照，不着相于世俗人事，只现一种奋发向上的境界，心量更大，故而仁者见之谓之仁，智者见之谓之智，皆可受其感发。

三、理趣：融理入景，借典增趣

饶公为诗能指出"向上一路"，实乃其深有得于"理趣"之故。饶公有感于"中国诗歌说理的部分非常不发达"[10]，因而欲融理入诗来指出"向上一路"，此须先具"落想"。"落想"一词，王夫之曾提及："论画者曰：'咫尺有万里之势。'一'势'字宜着眼……五言绝句，以此为落想时第一义。唯盛唐人能得其妙。"[11]饶公引之论诗，并赋予其形而上之意义："这是关于一个人的认识、修养及境界问题。并非每个人都做得到。其中，主要包含着对于宇宙人生的思考及感悟"[12]，"例如天人问题，这是有关宇宙人生的问题，可说的事与理以及感受，非常之多，可从多个角度落想。"[13]

有了"落想"之后，接着便是如何说理。饶公先总结历代"说理诗"失败的教训，而后提出补救之法：

> 说理诗的失败是因为正面说理成为障碍。诗障有两种：一是理障；二是事障。玄言诗是理障；与大谢同时的颜延年诗则獭祭事类太多，属于事障。欲救此病，则可将理融入情、景之中：或写理于景（物色），或以物色拟理，或独言'物'而不讲理，将理消融在物色里面的几种手法。末一种手法也就是最高明的了。[14]

"理障""事障"本是佛家语，《圆觉经》曰："一切众生由本贪欲，发挥无明，显出五性差别不等，依二种障而现深浅。云何二障？一者，理障，碍正知见；二者，事障，续诸生死。"饶公援释论诗，别赋新义，乃有"诗障"之说。

饶公还有"理趣"之说："所以诗在说理时还得有趣味。纯理则质木，得趣则有韵致；否则不受人欢迎。理上加趣，成为最节省的艺术手法。"[15]"理趣"一词早时多见于佛教典籍，它原义指佛法修证过程中所体悟到的义理旨趣，如《成唯识论》卷四论"第八识"："证此识有理趣无边，恐有繁文，略述纲要"；卷五论"第七识"："证有此识，理趣甚多"等。[16]后来它被引入诗学批评领域，用来指诗中呈现出的一种富有宇宙人生哲理的审美意味。饶公就是用"理趣"来解决创作形而上诗词的技术问题的。兹举其数端，以观饶公之实践如何。

1. 写理于景

此法在饶公七绝中，通常表现为第一、二句铺垫，第三句一转，点出欲说之理，结句则用一景语来解释此欲说之理。因景语留给读者的想象空间更大，故诗之余韵也更为悠长。如：

> 升阶距跃真三百，怀远题诗到上头。谁管人间鱼烂局，白云脚下但悠悠。
>
> （《登天路》）

前两句铺垫登高之题，第三句一转由登高而感叹人世惨变之苦难，末句以"白云悠悠"的景语来结。人间战伐不休，已成鱼烂之局，而高山之白云依旧悠悠。天道自有其运转之规律，非人力所能左右也。徐晋如说："只有那些真正是从哲学的高度去理解这个社会的现代知识分子，才可能是这个时代的真正诗人。"[17]诚哉斯言。

> 丛筱深林日欲残，渐霜枫叶不成丹。何人解道清空意，漫剪孤云取次看。
>
> （《燃林房与水原琴窗论词》）

水原琴窗为日本词学大家。前半写水原氏燃林房的环境，第三句一转点出论词之理——"清空意"（饶公与水原氏俱酷嗜白石词），末句以"漫剪孤云"之景语来释"清空意"，不着一字，尽得风流。此虽化用张炎"词要清空，不要质实。……姜白石词如野云孤飞，去留无迹"[18]，然末句正不妨当作一幅图画看。

2. 以物色拟理

物色，此指自然景物，"因景物具有各种各样的色彩，故曰物色"[19]。《文心雕龙·物色》曰："物色之动，心亦摇焉……是以诗人感物，联类不穷；流连万象之际，沉吟视听之区。写景图貌，既随物以宛转；属采附声，亦与心而徘徊。"[20]饶公提出"以物色拟理"，即通过自然景物来写理，而不直接说破。如：

147

悬渡从知理不诬，玲珑杰观出虚无。却于冥漠高寒处，悟到阴晴众壑殊。
（《翠屏山》）

王摩诘《终南山》诗曰："分野中峰变，阴晴众壑殊。"饶公只加"悟到"二字，借此来写万物各有其自性。饶公另有诗云："物论由来齐不得，且从濠上数游鱼。"[21]皆言应包容万物各自之"异"，不着我相、人相、众生相，便可避免世俗无谓的纷争。诗中此理全借景语"阴晴众壑殊"达之。

秋风海国久忘归，况拾遗芳冷翠微。黝洞深藏无量寿，娱人不必是清晖。
（《与清水茂同游秋芳洞杂咏》其六）

八大山人有偈语曰："识破乾坤暗里阃，光明永镇通三界。"饶公解曰："阃以今语解释之，即在争论中取得和悦、和谐。天地间之奥妙处，即在暗里的'阃'。如何悟得，以佛理言，从无明得到真如。"[22]可与此诗互参。"黝洞深藏无量寿，娱人不必是清晖"亦是"从无明得到真如"之理。饶公后过三峡，中秋夜不见月，有词曰："勘破天人，同归芴漠，黑夜心澄澈。"（《念奴娇·万县舟中中秋不见月，江面尽黑，因赋。用张孝祥韵》）亦是此意。此诗借"黝洞"这一物色来写理，有类禅家之偈语。

3. 独言"物"而不讲理

即将理完全消融在物色之中，不令人觉得是在说理，而读之者又感到理无所不在，此为说理之最高境界。如：

谁把青山尽变红，飞鸿正掠夕阳空。薄寒催暝月初出，槛外云飞不碍风。
（《Le Trayas 晚兴》其二）

"槛外云飞不碍风"正是钱仲联所称"掉臂游行，得大自在"的境界。饶公诗词中多用"风"来写自在自足的境界，如"形而上词"名篇《玉烛新·神》："红蕣尚仁，有浩荡光风相候。"

割海分成壑百潆，北滨带雨湿花红。我来自恨先秋到，只见芦蒿不见枫。
（《涛沸湖》）

后半"只见芦蒿不见枫"云云，不细味根本不觉有何理可言。然则此诗实与"时位"问题有关。"时"即时机；"位"即位置。此为《易经》的两大哲学概念。人无论做何事，皆受"时位"所左右。饶公此诗有类《易经》卦辞之

饶宗颐绝句选注

"取象"，"先秋"关乎"时"，"到"（即来到涛沸湖）关乎"位"，故而"只见芦蒿不见枫"此一结果，实为"先秋到"之"时位"所决定。余初读此诗但觉惆怅莫名，久之忽觉"芦蒿"如某人，"枫"又如某人，"我来"何以只见"芦蒿"而不见"枫"？味之乃悟有关乎"时位"。此饶公将理完全消融于物色之中，感人至深、发人至微之效果也。持之以质饶公，或当莞尔曰"小子始可言诗"乎？

4. 用典增加理趣

饶公曰："胡适提倡白话文，主张不用典故。但是如果诗完全不使用典故，则不易生动——因典故可以增加趣味。中国人不爱正面讲理，凡见正面讲理的诗便觉讨厌，就是因为说理诗缺乏理趣的缘故。"[23]且看饶公如何付诸实践：

> 绝顶编篱石作栏，诸峰回首正漫漫。我来不敢小天下，山外君看更有山。
> [《Mont Tendre（柔山）山上》] 其五

孟子曰："孔子登东山而小鲁，登泰山而小天下。"[24]饶公反其意来写"山外有山"之理，使诗的内涵趣味大为增加。

> 孰言鸟兽不同群，城市山林故不分。待为先生演尔雅，鹦哥他日定能文。
> （《中峤杂咏》）

饶公1976年游法国，到朋友 Lévy 家中做客。其家中"养猫六头，鸭七只，犬一，鹦鹉一，笼中小鸟，吱吱喳喳，饮食与共"[25]。饶公反用孔子"鸟兽不可与同群"[26]之语调侃好友。又黄山谷有《演雅》一篇，《尔雅》为释字之书，故饶公开其玩笑云"鹦哥他日定能文"。此诗之典有反用、有正用，体现一种人与动物和谐相处、其乐融融的意境，以谑戏之口吻出之，趣味十足。

四、画意：诗画相生，妙悟通禅

题画一体，饶公尤为擅长，澜翻不穷，神明变化，独具一格。饶公学艺双携，于书画亦极尽精诣，堪称当世名家。曾撰《诗画通议》，独标胜解："天下有大美而不言，能言之者，非画即诗。……以画论之……山林远景，如绝句，如小令，酒之竹叶、茅台也。……诗家吟咏，舒状物色，窥情风景之上，钻貌草木之中，目既往还，心亦吐纳，与画亦何以异乎？"[27]盖诗画皆可通禅，叶石林以禅喻诗，董香光以禅喻画。饶公固亦精于此道者，《诗画通议》中有《禅关章》阐其说，而其创作辄每以画人之意作诗、以诗人之意作画，打通两界，独探灵源。兹举其三端，略为申论。

1. 诗画关系

饶公《题画诗》中有三绝论诗画关系：

画史常将画喻诗，以诗生画自添姿。荒城远驿烟岚际，下笔心随云起时。

此论可以以诗生画。诗画相生，渊源有自，实为中国古典艺术一大精义，昔人多有论及。郭熙曰："诗是无形画，画是有形诗。"[28]东坡曰："味摩诘之诗，诗中有画；观摩诘之画，画中有诗。"[29]山谷曰："李侯有句不肯吐，淡墨写作无声诗。"[30]邹一桂曰："绘事之寄兴，与诗人相表里。"[31]诸家所言，皆阐明一理：须借助诗之意境来提高画之境界，亦即"以诗生画自添姿"。诗心之于画笔，作用如何？饶公举一例以说明之："荒城远驿烟岚际，下笔心随云起时。"即如画荒城远驿此种景象时，须有诗化的感觉，下笔方佳。明人王世贞云："徒想象于荒烟榛莽间，重以增慨。"[32]饶公在《念奴娇·自题书画集》词中亦曰："细说画里阳秋，心源了悟，兴自清秋发。想象荒烟榛莽处，妙笔飞鸿明灭。"王世贞拈出一"慨"字，饶公拈出一"兴"字，可谓今古同契。唯胸中有"兴"有"慨"，才能以诗心驱遣画笔，化腐朽为神奇。

画家或苦不能诗，嫫母西施各异姿。物论何曾齐不得，且看一画氤氲时。

此论必须以诗生画。以诗生画有其可能性，亦有其必然性。高明的画家，须具备诗、书、画、印等多方面的才能，方能融会贯通，集其大成。而文学素养（诗）更是居于"画外工夫"之首位。画者不能诗，所作必如嫫母（古之丑妇）。唯有诗画融通，如天地阴阳之气聚合，方臻妙境。

何当得画便忘诗，搔首无须更弄姿。惟有祖师弹指顷，神来笔笔华严时。

此论如何以诗生画，这是最为关键之一步，即所谓"艺术换位"（Transposition d'art）。诗画之间，可以"掠取另一方的'美'，来建立自己的'美'"[33]。然诗与画又是相对独立的艺术门类，画固然可"掠取"诗之美，但不能生吞活剥，诗意转化为画境，必须化用自如，不露斧凿痕，不能矫揉造作。饶公在《诗画通议·禅关章》文中曰："其（黄庭坚）答罗茂衡句：'春草肥牛脱鼻绳，菰蒲野鸭还飞去。'直是一帧活生生之禅画。夫画心之必如禅心者，厥初收拾此心，如牛拴绳，及其驯也，绳子已用不着，便如野鸭海阔天空。画初由法入，终须离法。法而后能，变而后大。"[34]意谓诗之意境融于画中须自然圆融，要过河舍筏，得鱼忘筌。至于诗之素养，则要在平时如参禅一样修炼，厚积薄发，唯有达到如祖师之修为，下笔作画时，方能弹指之间信手拈来、化用自如，笔笔臻于华严之大乘境界。

诚如杨子怡所云："三绝当煌煌一画论矣！"[35]分开为三种境界，合起即一篇"以诗生画"之系统画论。

2. 题画佳什

饶公有《题画诗》32 首，皆押以"诗""姿""时"韵，极尽变化之能事。如：

> 西风卷地忍抛诗，南雁飞来媚远姿。写得鸳鸯难嫁与，亏它涂抹费移时。
>
> （其四）

自嘲颇足解颐。第三句异想天开，堪称神来之笔。

> 一帧天然没字诗，春回草木换新姿。窗前打稿奇峰在，剪取湖云拂岸时。
>
> （其十）

"打稿"是画家术语。"剪取"二字妙甚，陆游《秋思》："诗情也似并刀快，剪得秋光入卷来。"饶公或曾受其启发。

> 寂寥人外可无诗，手摘星辰布仙姿。肘下诸峰争起伏，迷离宛溯上皇时。
>
> （其二十九）

"星辰""诸峰"乃空间概念，"上皇时"乃时间概念，此诗可谓纵横六合，俯仰千秋。宗白华曰："中国诗人、画家确是用'俯仰自得'的精神来欣赏宇宙，而跃入大自然的节奏里去'游心太玄'。……用心灵的俯仰的眼睛来看空间万象，我们的诗和画中所表现的空间意识……是'俯仰自得'的节奏化的音乐化了的中国人的宇宙感。"[36]饶公此诗正是宗氏所论的绝好说明。

另如《题画绝句》其十九（题一鹏山水）：

> 摇落江山万里遥，何人此处泛兰桡。断崖空自悬千尺，隔水林风我欲招。

后半余尤赏其势，"欲"字是其诗眼。王船山云："论画者曰：'咫尺有万里之势。'一'势'字宜着眼。若不论势，则缩万里于咫尺，直是《广舆记》前一天下图耳。"[37]诗亦然。

3. 画家手眼

饶公既具画家手眼，即非题画之作，如纪游之诗，亦每有似题画者。如《大峡谷》其二：

虎踞龙蟠势有余，何年天坠此穹庐。华原突兀难加点，鬼面皴成总不如。

"加点""鬼面皴"皆画家术语。另如：

岚如八大醉中稿，人似半千笔下僧。乱石问谁曾斧劈，故乡时见此丘陵。

[《Mont Tendre（柔山）山上》其四]

休向湖边问结庐，平林烟水共模糊。漫从花港观鱼处，戏写夜山入梦图。

（《白堤夜步》）

二诗皆将山水当画写。且"柔山"的前半与"白堤"的后半皆对仗，此又七绝之一体也。胡应麟曰："自少陵绝句对结，诗家率以半律讥之。然绝句自有此体，特杜非当行耳。如岑参《凯歌》：'丈夫鹊印摇边月，大将龙旗掣海云''排兵鱼海云迎阵，秣马龙堆月照营'等句，皆雄浑高华，后世咸所取法，即半律何伤。若杜审言'红粉楼中应计日，燕支山下莫经年''独怜京国人南窜，不似湘江水北流'，则词竭意尽，虽对犹不对也。"[38]然亦非只雄浑一格，且亦可对起，如饶公以上二诗之对，颇为高华玄远，勿流于纤弱可也。饶公七绝中颇多此体，如《槟城怀康南海四绝示黄晚香》："可怜北阙三千牍，剩付南天一片霞"，《冰川》："天外无山非玉垒，云中有谷即天脐"比比皆是。

五、体式：善于发端，浑然天成

古人之诗善于发端者首推曹植、谢朓，"陈思极工起调……如'明月照高楼，流光正徘徊'，如'高树多悲风，朝日照北林'，皆高唱也。后谢玄晖'大江流日夜，客心悲未央'，极苍苍莽莽之致。"[39]饶公亦极精此道，工于起句。本来七绝之高下大都取决于第三、四句之一转一结，第一、二句一般只起铺垫作用，所谓倒食甘蔗，渐入佳境，验诸唐宋名篇，大多如是。论者一般以为发端太好，则后难为继，故谢朓亦难免有"善自发诗端，而末篇多踬，此意锐而才弱也"[40]之讥，足见此道之难。饶公七绝却能反其道而行之，力破余地，往往首句即极精警，然后顺势带出后三句，一气贯底，浑然天成，如水之流地，行于所当行，止于所当止，令读者常有尺幅千里的快感。

周振甫论诗之善于发端曾举四种，从饶公七绝中皆可找到佳例：

1. "境界阔大，即景生情"

"像谢朓《暂使下都夜发新林至京邑赠西府同僚》：'大江流日夜，客心悲未央。'"[41]饶公有：

万缕秋光付野烟，不从野望始茫然。神京梦里劳西顾，念乱心如下濑船。

（《秋怀》）

唾月推烟百里抛，征车独自念劳劳。天风吹发泠然善，容我孤篷钓六鳌。

[《自疏铃铎（Sorrento）遵地中海南岸策蹇晚行》]

2. "刻画气氛，用作烘托"

"如曹植《七哀》：'明月照高楼，流光正徘徊。'"[42]饶公有：

环湖无际尽拖蓝，雪影澄波月印潭。浓雾似诗诗似梦，眼中云物尽江南。

（《车中即事》其三）

众岛星罗渺不群，飞鸢夕照亦成文。飘然自有归栖处，漫逐层霄一段云。

（《机上望九十九岛，用朱子白鹤诗韵》）

3. "大气包举，笼罩全篇"

"如高适《送浑将军出塞》：'将军族贵兵且强，汉家已是浑邪王。'"[43]饶公有：

手擎苍海一杯吞，积草由来绿不蕃。怕就云根寻野烧，蛮烟合处九阳奔。

（《Toba 湖绝句》）

绝海飘然驾远涛，径山全室共游遨。吟成海上风云稳，弥信殿前恩宠高。

（《题五山僧所著书》其三）

4. "发端突兀，出人意表"

"一开头用精警的话来打动读者，力避平庸。如曹植《赠徐干》：'惊风飘白日，忽然归西山。'"[44]饶公有：

割愁有剑可裁诗，海畔尖山耸玉姿。坡老应惊秋未改，微波仿佛洞庭时。

（《题画诗》）

漫斩春风露电驰，终南翠色媚幽姿。含香百鸟花齐放，珍重岷峨笔一枝。

（《题五山僧所著书》其二）

此外，饶公尚有一种破题而入的起句法，首句或点题，或状其最为突出的特色，移之它处不得。或可名之为：开门见山，破题而入。如：

草号珊瑚浪作琴，涛声地籁孰知音。五弦无复能挥者，目送飞鸿隐雾深。

（《藻琴湖》）

山如奔鸟树如潮，海上羁魂不可招。麋鹿已随征战尽，江干庙祀有渔樵。

（《贺志岛》）

诚斋曰："五七字绝句最少，而最难工，虽作者亦难得四句全好者。"[45]诚然，一首七绝欲成为佳作，最好是四句都好。正如饶公论诗所云："陈思工发端，宣城颎其终。所贵得天全，穆矣如清风。"（《和阮公咏怀诗·第四十二首》）以上所举饶公的七绝，多首四句皆佳，可谓浑然"天全"者，足见饶公成就之卓绝。

六、取法：健采半山，隽取白石

追溯诗史，七绝成就高者有三个时期：一曰盛唐，以太白、龙标为代表；二曰晚唐，以玉溪、樊川为代表；三曰两宋，以半山、白石为代表。三个时期各有特色，亦各有长短，如论盛唐、晚唐之别，则如王世贞所云："七言绝句，盛唐主气，气完而意不尽工；中晚唐主意，意工而气不尽完。然各有至者，未可以时代优劣也。"[46]论唐宋之别，则如缪钺所云："宋诗造句之标准，在求生新，求深远，求曲折。盖唐人佳句，多浑然天成，而其流弊为凡熟、卑近、陈腐，所谓'十首以上，语意稍同'，故宋人力矫之。……然过于求新，又易失于怪癖。"[47]大抵饶公七绝，取法甚广，兼采唐宋，熔铸诸家之长而能自成面目。

上举饶公诸诗，不乏雄豪飘逸、浑然天成者，神似太白，颇有盛唐气象，兹不细论。

另如《九日杂诗》二首：

中酒枯肠亦吐芒，高秋坐惜去堂堂。江山不负劳人意，又放颓阳到野塘。

峡里轻雷晚自哀，干戈忧患镇相催。人间未废登高例，且插茱萸归去来。

此写于抗战时期，感慨世乱，格调则属晚唐。

饶公七绝，论者多谓其上继半山、白石、钱仲联、夏书枚诸老言之在前，兹再举其一隅。

1. 与半山之比较

王安石，字介甫，号半山，是宋诗的代表人物，擅长七绝，其晚年之作，尤其炉火纯青，历来享有盛誉。黄庭坚曰："荆公暮年做小诗，雅丽精绝，脱去流俗，每讽咏之，便觉沆瀣生齿间。"[48]杨万里曰："不是老夫朝不食，半山绝句当朝餐。"[49]徐俯曰:"荆公绝句妙天下。"[50]可见其受推崇之至。饶公于荆公颇多继承,夏书枚曰:"半山诗多议论,雅健处选堂诚得之。"[51]杨子怡评饶公诗亦曰:"采半山之劲健。"[52]此指其气格相近也。如写"移柳",荆公《移柳》诗云:

> 移柳当门何啻五,穿松作径适成三。临流遇兴还能赋,自比渊明或未惭。

饶公《白杨宾馆写所见景物率题》诗云:

> 异域无须论主宾,寥天着一荆蛮民。移来三两倪迂柳,荇藻湖边作好春。

二诗皆气格雅健,风神疏朗。

饶公亦有化用荆公诗意之作,即"规模其意,形容之,谓之夺胎"者,如《中峤杂咏·咏苹果树 Pommier》:

> 古柯异石乱交加,石自痴顽枝自斜。人外忽惊春数点,隔篱灿烂有苹花。

后半即化自荆公《咏石榴花》:"浓绿万枝红一点,动人春色不须多。"春为一极阔大之背景,数点苹花为极细小之物,将极细小之物置诸极阔大背景之下,显出极为意想不到的效果。此类以小见大之法,殆从老杜"一片花飞减却春"学来。也即钱钟书所云:"把一件小事物作为一件大事物的坐标,一反通常以大者为主小者为宾的说法。"[53]

此外,荆公还有"体物入微"的一面,少为人道。如《南浦》:

> 南浦东冈二月时,物华撩我有新诗。含风鸭绿粼粼起,弄日鹅黄袅袅垂。

后半曾被赵翼批得一无是处:"'鸭绿'作水波,尚有'汉水鸭头绿'之句可引;'鹅黄'则新酒亦可说,岂能专喻新柳耶?况柳已袅袅垂,则色已浓绿,岂尚鹅黄耶?"[54]此真村学究之见,诗所最重者意也,岂能字字讲究出处?"鹅黄"固非专指新柳,但可借指新柳,其谁曰不可?且柳自鹅黄至于浓绿,只要有风,皆能"袅袅垂"也,焉得专指浓绿之柳哉!还是缪钺更有见地:"'鸭绿'代水,'鹅黄'代柳,而'鸭''鹅'皆鸟名,'绿''黄'皆颜色,'粼粼''袅袅'均形况叠字,而'鳞'字从'鱼','袅'字从'鸟',备极工切。"[55]此一路数实承自老杜,顾随曰:"看老杜诗第一须注意其感觉。如其'翻枝容易纷纷落,嫩蕊商量细细开。'(《江畔寻花七绝句》其六)观'嫩蕊'句,其感觉真纤细，用'商量'二字，真有意思，真细。在别人的诗里纵然有，必落小气，老杜则虽细亦大方：此盖与人格有关。"[56]正如徐复观所言："决定作品价值的最基本准绳是作者发现的能力。作者要具备卓异的发现能力，便需有卓越的精神；要有卓越的精神，便必须有卓越的人格修养。"[57]能用此类体物入微之词而不落纤弱之格者，老杜、荆公皆称能手。当然，饶公也不逊色，如：

> 直港横汉后复前，水乡小憩自翛然。不随趁客鸥争粒，却爱催诗雨拍肩。
> （《水城初泛，用杨诚斋韵》）

> 衍派隔山出愈奇，平沙折苇雁来时。笔端芍药偏含雨，肘外寒蝉独挂枝。
> （《题少昂惬心之作》）

"鸥争粒""雨拍肩""芍药偏含雨""寒蝉独挂枝"皆极纤细，然入于诗中但觉潇洒大方，"此盖与人格有关"。

饶公之雅健可谓一以贯之，半山则时有沉哀，非能完全超脱旷达者。如同写"梦"，荆公《梦》诗云：

> 黄粱欲熟且留连，漫道春归莫怅然。蝴蝶岂能知梦事，蘧蘧飞堕晚花前。

饶公《睡起》诗云：

> 心花开到落梅前，清梦深藏五百年。蝴蝶何曾迷远近，眼中历历是山川。

起二句饶诗即极精警；王诗用黄粱之熟典，略逊一筹。后半皆用庄生梦蝶之典，但王诗反用庄子之意，盖"荆公专好与人立异，其性然也"[58]。诗中实含沉哀，大有无可奈何、欲说还休之感。饶诗则正用，末句以一阔大之景语作结，全诗气象超凡脱俗，颇具形而上之意味。诗有此差异，盖与二人阅历追求有关："王安石晚年所作绝句的特色，历代的文学批评家都用'闲澹'加以概括。……诗人在所谓'闲澹'之中却隐寓着深沉的悲哀。……我们从王安石晚年所作的诗歌来看，他不是一个与政治完全绝缘的人……他是在变法失败后，被迫傲啸山林的。进取与消极思想交织在一起，形成了他暮年小诗的独特风格。"[59]饶公则毕生与政治绝缘，他曾说："我觉得政治非常复杂，也不一定太干净。我比较怪。我年轻时喜欢念《后汉书》，对《独行传》那部分人我很仰慕，希望能有独立的人格。这是个人的禀赋。"[60]此种性情之差异，亦可在各人诗中发现。

2. 与白石之比较

姜夔，字尧章，号白石道人，南宋著名词家兼诗人。"白石之诗，气格清奇，得力江西，意境隽澹，本于襟抱，韵致深美，发乎才情。受江西诗派影响者，其末流之弊为枯涩生硬，而白石之诗，独饶风韵。盖白石为词人，其诗亦有词意，绝句一体，尤所擅长。"[61]饶公酷嗜白石，曾撰有《姜白石词管窥》，拈出"风骨"二字评白石词；其《人间词话评议》力辩白石词"隔"之为美，以驳王国维，多所发见，可征饶公于白石诗词寝馈功深。而饶公自为七绝，亦颇受白石影响。其好友李棪斋序其诗曰："是知空床结梦，觇梁武桃李之年；翠叶吹凉，想白石风裳之句。"[62]杨子怡亦谓饶公："取白石之雅秀。"[63]兹举数例，以见一斑。

白石《偶题》：

阿八宫中酒未醒，天风吹发夜泠泠。归来只怕扶桑暖，赤脚横骑太乙鲸。

饶公《自疏铃铎（Sorrento）遵地中海南岸策蹇晚行》：

唾月推烟百里抛，征车独自念劳劳。天风吹发泠然善，容我孤篷钓六鳌。

二诗皆雄豪横逸，气格在伯仲之间。饶公首句"唾月推烟百里抛"化自李商隐《无愁果有愁曲》："推烟唾月抛千里。"第三句"天风吹发泠然善"则直接化自白石句："天风吹发夜泠泠。"第四句之"钓鳌"亦可见白石"骑鲸"的影子。而饶公写来，自成一格，浑然天成，亦是一绝。

饶公虽多有继承白石之处，然面目自成。如：

白石《除夜自石湖归苕溪》其七：

笠泽茫茫雁影微，玉峰重叠护云衣。长桥寂寞春寒夜，只有诗人一舸归。

饶公《白堤夜步》其二：

波光寒色此何辰，弦月无端却避人。天遣寻诗三两辈，白堤占尽一湖春。

二诗后半所写的题材颇为接近。只是白石诗中不无"寂寞"之感，饶公则颇为达观，盖二人心境不同耳。又如：

白石《临安旅邸答苏虞叟》：

垂杨风雨小楼寒，宋玉秋词不忍看。万里青山无处隐，可怜投老客长安。

饶公《学苑林杂题》其二：

出门但见青青草，解语漫寻灼灼花。惟有胡姬能劝客，一枝投老且为家。

饶公诗中的胡姬自注曰"星洲名花"，后半显有调侃之意，饶公童心不泯，烂漫可爱，非同白石诗之伤感。此其格调之异也。

再如饶公《杂题》：

椰云摇梦落重柯，芳草如茵海不波。白鸟声中孤叶坠，绿杨风起意如何。

第三句之"孤叶"乃着笔于极细小之物，此种笔法白石常有之，如"自觉此心无一事，小鱼跳出绿萍中"（姜夔《湖上寓居杂咏》）。"小鱼"亦为一极细小之物。末句"绿杨风起"盖用白石成词："堤畔画船堤上马，绿杨风里两悠悠。"（姜夔《湖上寓居杂咏》）而同样写鸟声，白石《陪张平甫游禹庙》则云：

镜里山林绿到天，春风只在禹祠前。一声何处提壶鸟，猛省红尘二十年。

白石由鸟声起而结以"猛省红尘二十年"，点破谜面，直露无余。饶公则结以"绿杨风起"之景语，而问曰"意如何"，便觉羚羊挂角，无迹可寻。此其诗艺之异也。

饶公曾评白石七绝曰：

其实白石不特以诗为词，亦复以词为诗。温飞卿《杨柳枝》八首，白石绝句，即力追此境。他的《除夜自石湖归苕溪》十首，诚斋称为"有裁云缝雾之妙思，敲金戛玉之奇声"，无他谬巧，只是以刘梦得、温庭筠的作词法，运用入于七绝，便成为振奇之制。[64]

以词为诗，成就了白石七绝隽秀的独特风格，但词体之诗用偏辄易流于纤弱。宋人吴可便颇有微词："晚唐诗失之太巧，只务外华，而气弱格卑，流为词体耳。"[65]饶公友人夏书枚也看出此一问题："余谓白石一代词人，至小诗虽顾盼生姿，终嫌气弱。选堂峭拔处，白石似不能及。"[66]诚为笃论。钱钟书曰："诗之情韵气脉须厚实，如刀之有背也，而思理语意必须锐易，如刀之有锋也。锋不利，则不能入物；背不厚，则其入物也不深。"[67]情韵、思理兼擅而能御之以气者，饶公其庶几乎。

以上谈及饶公七绝的取法问题。饶公谓："余谓诗之为物，各有偏嗜，而学焉亦各得其性之所近。"[68]饶公颇嗜半山、白石之诗，故略为申述，然饶公于历代诗词皆有深研，取法颇广，固非二家所能限其藩篱。钱仲联曾谓饶公绝句：

"下取近贤闽派之长，沧趣楼南海之游诸什，庶几近之。"沧趣楼即弢庵陈宝琛，弢庵南海诸什，虽亦摹写异邦风物，所过息力、槟榔屿、吉隆、缅甸、爪哇等地，饶公亦皆曾亲历之。然弢庵七绝好议论，议论又乏精彩，较之饶公的俊逸玄远，诗味乃反逊之。

七、点化：夺胎换骨，采撷百家

山谷有夺胎换骨之法："不易其意，而造其语，谓之换骨；规模其意，形容之，谓之夺胎。"[69]古典诗词裁剪前人成句为我所用，盖为成法。饶公于历代诗词用功皆甚深，故其创作能采撷百家，自造新境。读者须明其出处，方能解其诗。拙文《选堂诗词用典与点化举隅》曾论及之，兹再为点出，举其七绝化用前人数例，略为说明：

《禅趣四首和巴壶夫》："水影山容尽敛光，灵薪神火散馀香。"后句化自支遁《述怀诗》："穷理增灵薪，昭昭神火传。"

《Toba湖绝句》："近水暝村低似岸，遥山霁柳碧成围。"此二句化自隋炀帝《望海诗》："远水翻如岸，遥山倒似云。"

《澄心画展自题》："画笔狂来如发弩，旧山万仞梦中亲。"前句化自李商隐《偶成转韵七十二句赠四同舍》："狂来笔力如牛弩。"

《访宝镜湾岩画》其二："归路烟波接混茫，飞虹天际闪孤光。"后句化自孙光宪《浣溪沙》"片帆天际闪孤光"，饶公将"片帆"易为"飞虹"。

《雨中路薏丝（路易斯）湖》："垂老廿年真电抹，群山戴雪亦成翁。"前句化自苏轼《木兰花》："四十三年如电抹。"

《题画诗》（题梅）："东风力可护花残，似夏长年忽岁阑。且折一枝聊寄与，教人知道有春寒。"首句化自李商隐《无题》："东风无力百花残。"李言东风无力，故百花残；饶公反其意，言东风有力，故能护花不残。第三、四句化自元人贡性《涌金门见柳》："折取一枝入城去，使人知道已春深。"

《初食高丽蓟》："浮香如茅舌留甘，红豆春来尚困憨。还向东风将酒祝，柔肠空欲绕吴蚕。"第二、三句化自清人吴绮《醉花间》："把酒祝东风，种出双红豆。"

《题五山僧所著书》其二："漫斩春风露电驰，终南翠色媚幽姿。"前句化自日本雪村友梅《蜀狱中偈》："电光影里斩春风。"

《Toba湖绝句》："静绕钟声无际水，涛花起处夜如何。"前句化自近人何振岱《孤山独坐雪意甚足》："钟定声依无际水。"

《Toba湖绝句》："吹起芦笙秋似梦，粘天浪拥月轮孤。"前句化自林小眉《摩达山下即事》："芦笙吹处秋如梦，一角荒山夜有霜。"

《甘草关为美加交界》："此地美名甘草口，西征载得片云还。"清人郑昌时《刘公吟山》："清风两袖一挥手，赠我端溪几片云。"此意反之，则如徐志摩

"我挥一挥衣袖，不带走一片云彩"。皆可与饶公此句并读。

八、创新：宏开新境，自立规模

"文章之事，有所法而后能，有所变而后大。"[70] 饶公业精六学，才备九能，盖有"照天腾渊之才，溯古涵今之思，磅礴八极之志，甄综百代之怀，非窘若囚拘者所可语也"[71]。饶公曾评山谷《答洪驹父书》曰：

> 此即欲人最后摆脱绳墨，自立规模，由有意为诗，至于无意为诗。由依傍门户以至含茹古今，包涵元气。诗至此已进另一崭新夐绝之境。诗人者，孰肯寄人篱下而终以某家自限乎？又孰肯弊弊焉不能纵吾意之所如，以戛戛独造以证契自然高妙之境乎？[72]

可见饶公抱负之伟、堂庑之大。故饶公终能兼采百家，独辟新境。

历来作诗，多难免老笔颓唐之讥者，袁枚曾曰："诗者，人之精神也；人老则精神衰蒇，往往多颓唐浮泛之词。香山、放翁尚且不免，而况后人乎？故余有句云：'莺老莫调舌，人老莫作诗。'"[73] 而饶公善葆元胎，已臻真人之境，晚岁之作，愈加炉火纯青，诚如钱仲联所评："文章成就，斧凿痕尽，而大巧出焉。如是则游戏通神，复奚施而不可。"是以饶公诗能"奇外出奇。千江一月，掉臂游行，得大自在。求之并世胜流，斯诚绝尘莫蹑者已"[74]。前举诸诗，遍及饶公青、中、晚年之作，多有经典之篇。兹再举其晚岁佳什二首：

> 荡上青鞢踏紫泥，随阳去雁任东西。奇峰处处如刀剪，割出春云与嶂齐。
> （《龙西镇和锲翁》）

> 参差林影异桃溪，残雪数州没众堤。天外无山非玉垒，云中有谷即天脐。
> （《冰川》其二）

二诗后半皆为神来之笔，气象阔大。王船山云："神理流于两间，天地供其一目。"[75] 马一浮谓："诗人胸襟，必与天地合其德，乃见其大。"[76] 饶公足可当之。而想象之雄奇，并世殆难寻其匹也。

另有一种所谓"斧凿痕尽"者，如：

> 大荒棋布岛三千，拍岸遥波断复连。波外有山堪插鬓，残云疑接混茫前。
> （《Toba 湖绝句》）

饶宗颐绝句选注

依旧崇丘集茂林，江干还欲盍朋簪。登楼四面谁堪语，惟有青山共此心。

（《兰亭三首柬青山翁》其三）

沿湖百里尽苍松，始觉郭熙写未工。宿雨乍晴秋日暗，万山都在薄寒中。

（《屈斜路》）

黄庭坚曰："简易而大巧出焉。平淡而山高水深，似欲不可企及，文章成就，更无斧凿痕，乃为佳作耳。"[77] 谢榛云："诗有不立意造句，以兴为主，漫然成篇，此诗之入化也。"[78] 又曰："自然妙者为上，精工者次之，此着力不着力之分。"[79] 盖即此类欤。第一首尚有警句"波外有山堪插鬓"可寻。第二首饶公自注："羲之友契许迈，以恒山近人，四面藩之，登楼与语，以此为乐。"末句之"青山"一指实际之青山，一指青山杉雨（日本书法家），且暗用许迈典，可谓一语三关，极为浑成。第三首则篇不能句摘，句不能字寻，诵之但觉其佳，而不能言其所以佳。此非白石所云："非奇非怪，剥落文采，知其妙而不知其所以妙，曰自然高妙"[80] 者乎？

结语

综上所述，饶公七绝可谓骨健气雄、格高辞妙；融理趣于片言，得画意于寸楮；兼采百家，独树一帜；上可继半山、白石，下足为当代诗坛辟一新洲。其人其诗，并足千古。

戊子清明前一日草于岭东弥纶室

【注释】

[1]（唐）司空图：《与李生论诗书》，见《二十四诗品》，长沙：岳麓书社 1997 年版，第 61 页。

[2] 刘梦芙：《近现代诗词论丛》，北京：学苑出版社 2007 年版，第 256 页。

[3] 钱仲联：《序》，见《选堂诗词集》，台北：新文丰出版股份有限公司 1993 年版，第 3 页。

[4] 夏书枚：《选堂诗词集·序》，见郭伟川编：《饶宗颐的文学与艺术》，香港：天地图书有限公司 2002 年版，第 66 页。

[5] 杨子怡：《江山助凄惋，代有才人出——漫谈饶宗颐教授旧体诗创作成就》，见曾宪通主编：《饶宗颐学术研讨会论文集》，香港：翰墨轩出版有限公司 1997 年版，第 410 页。

[6] 饶宗颐：《饶宗颐二十世纪学术文集》（第二十册卷十四），台北：新文丰出版股份有限公司 2003 年版，第 349 页。

[7]（南唐）释静、释筠：《祖堂集》（卷十五），见《高丽大藏经》第四十五补遗Ⅱ，北京：宗教文化出版社 2004 年版，第 326 页。

[8] 饶宗颐：《饶宗颐形上词访谈录》，《潮州诗词》，1984 年第 4 期，第 9 页。

［9］（唐）韩愈：《荆潭唱和诗序》，见马其昶校注，马茂元整理：《韩昌黎文集校注》，上海：上海古籍出版社1986年版，第262页。

［10］同［8］，第3页。

［11］（清）王夫之：《姜斋诗话》（卷二），北京：人民文学出版社2006年版，第162页。

［12］同［8］，第5页。

［13］同［8］，第18页。

［14］饶宗颐：《文辙》，台北：台湾学生书局1991年版，第913页。

［15］同［14］，第913页。

［16］钱钟书：《管锥篇》，北京：中华书局1996年版，第1144页。

［17］徐晋如：《大学诗词写作教程》，桂林：广西师范大学出版社2007年版，第14页。

［18］（宋）张炎：《词源》，转引自王运熙、顾易生主编：《中国文学批评史·宋金元卷》，上海：上海古籍出版社1996年版，第678页。

［19］王运熙、周锋：《文心雕龙译注》，上海：上海古籍出版社1998年版，第414页。

［20］同［19］，第415～416页。

［21］饶宗颐：《柏克莱秦简日书会议赋示李学勤》（其二），见《饶宗颐二十世纪学术文集》（第二十册十四），台北：新文丰出版股份有限公司2003年版，第724页。

［22］饶宗颐：《与刘述先论"暗里阊"书》，见《澄心论萃》，上海：上海文艺出版社1996年版，第233页。

［23］同［14］，第914页。

［24］（宋）朱熹：《孟子集注》，济南：齐鲁书社1992年版，第195页。

［25］同［6］，第386页。

［26］见《论语·微子》。

［27］饶宗颐：《固庵文录》，沈阳：辽宁教育出版社2000年版，第158页。

［28］（宋）郭熙：《林泉高致·画意》，转引自钱钟书：《七缀集》，上海：上海古籍出版社1995年版，第5页。

［29］（宋）苏轼：《书摩诘蓝田烟雨图》，见《苏东坡全集》（中），长沙：岳麓书社1997年版，第492页。

［30］（宋）黄庭坚：《次子瞻子由题憩寂图》，见《山谷诗》，长沙：岳麓书社1992年版，第56页。

［31］（清）邹一桂：《小山画谱》（下），转引自饶宗颐：《固庵文录》，沈阳：辽宁教育出版社2000年版，第161页。

［32］同［6］，第753页。

［33］饶宗颐：《词与画——论艺术的换位问题》，见《画领》，台北：台北时报文化出版企业有限公司1993年版，第220页。

［34］同［27］，第160页。

［35］同［5］，第416页。

［36］宗白华：《艺境》，合肥：安徽教育出版社2000年版，第40页。

［37］（清）王夫之：《姜斋诗话》（卷二），北京：人民文学出版社2006年版，第161页。

［38］（明）胡应麟：《诗薮》，上海：上海古籍出版社1958年版，第115页。

［39］（清）沈德潜：《说诗晬语》（上卷），北京：人民文学出版社1998年版，第201页。

［40］（梁）钟嵘：《诗品》，长沙：岳麓书社1997年版，第102页。

［41］周振甫：《诗词例话》，北京：中国青年出版社1979年版，第168页。

［42］同［41］，第169页。

［43］同上。

［44］同上。

［45］（宋）杨万里：《诚斋诗话》，见丁福保编：《历代诗话续编》，北京：中华书局2001年版，第141页。

［46］（明）王世贞：《艺苑卮言》，见丁福保编：《历代诗话续编》，北京：中华书局2001年版，第1007页。

［47］缪钺：《诗词散论》，上海：上海古籍出版社1980年版，第43页。

［48］（宋）胡仔：《苕溪渔隐丛话》（前集卷三十五），北京：中华书局1985年版。

［49］（宋）杨万里：《读诗》，见周汝昌选注：《杨万里诗选》，石家庄：河北教育出版社1999年版，第206页。

［50］（宋）曾季狸：《艇斋诗话》，转引自张白山、高克勤：《王安石及其作品选》，上海：上海古籍出版社1998年版，第123页。

［51］同［4］，第66页。

［52］同［5］，第409页。

［53］钱钟书：《宋诗选注》，北京：人民文学出版社1982年版，第95页。

［54］（清）赵翼：《瓯北诗话》，北京：人民文学出版社1981年版，第167页。

［55］同［47］，第41页。

［56］顾随：《顾随诗文丛论》，天津：天津人民出版社1995年版，第21页。

［57］徐复观：《中国人文精神之阐扬》，北京：中国广播电视出版社1996年版，第444页。

［58］同［54］，第166页。

［59］张白山、高克勤：《王安石及其作品选》，上海：上海古籍出版社1998年版，第96、99页。

［60］胡晓明：《饶宗颐学记》，香港：香港教育图书公司1996年版，第10、11页。

［61］同［47］，第84页。

［62］李棪斋：《选堂近诗小引》，见郑炜明：《论饶宗颐》，香港：三联书店（香港）有限公司1995年版，第314页。

［63］同［5］，第409页。

［64］同［14］，第643页。

［65］（宋）吴可：《藏海诗话》，见丁福保编：《历代诗话续编》，北京：中华书局2001年版，第331页。

［66］同［4］。

［67］钱钟书：《谈艺录》，北京：中华书局1999年版，第134页。

［68］饶宗颐：《饶宗颐二十世纪学术文集》（第十七册卷十二），台北：新文丰出版股份有限公司2003年版，第98页。

[69]（宋）惠洪：《冷斋夜话》，转引自饶宗颐：《文辙》，台北：台湾学生书局1991年版，第644页。

[70] 同 [68]，第100页。

[71]（清）文廷式：《云起轩词自序》，见钱仲联选编：《清八大名家词集》，长沙：岳麓书社1996年版，第802页。

[72] 同 [68]，第120页。

[73]（清）袁枚：《随园诗话》（卷十四），杭州：浙江古籍出版社2000年版，第309页。

[74] 同 [3]，第235页。

[75]（清）王夫之：《古诗评选》，北京：文化艺术出版社1997年版，第217页。

[76] 丁敬涵：《马一浮诗话》，北京：学林出版社1999年版，第53页。

[77]（宋）黄庭坚：《与王观复书》，见郭绍虞主编：《中国历代文论选》（第二册），上海：上海古籍出版社2001年版，第324页。

[78] 同 [16]，第28页。

[79] 同 [16]，第127页。

[80]（宋）姜夔：《白石道人诗说》，见夏承焘校辑：《白石诗词集》，北京：人民文学出版社1998年版，第66页。

附录二　笔者历年写呈饶公的诗古文辞

过天啸楼

（2006 年）

　　万卷陶融一代师，百年聚散柳依依。危楼落日飘蛛网，想见青灯吟啸时。

　　注：天啸楼为饶宗颐教授尊人饶锷先生之藏书楼，1929 年落成，藏书近十万卷，少年饶宗颐日夕涵泳其间，又得其尊人耳提面命，日后终成一代国学大师，盖奠基于此也。鼎革后藏书散佚，楼亦易主。

选堂饶公九十寿诗·用昌黎南山诗韵

（2006 年）

　　东洲有鸿儒，犹龙飞难圉。道通今古界，学必天人究。两间诞异才，此殆由天授。忆昔方龆龄，敢补《封神》漏①。经史日泳涵，诗文夜诵觌。心摩韩夫子，正气浩然凑②。面命有尊人，度与金针绣。乾嘉乃家学，考据早精透。奇筠得时雨，春来自嘉茂。十六咏优昙，逸云出深岫。一时惊耆老，和章纷纷就。自兹露头角，高鸣开凤喔。十八续《艺文》③，学林挺新秀。条理似串珠，妙解如醇酎。古瀛二千年，著述几遍覆。至今七十载，家邦称鸿构。亦尝耽道典，减食致清瘦。服膺因是子，静坐气弥宙。名画力揣摩，传神蜕雕镂。人物擅白描，山水极疏袤。走笔如登巇，移形变状候。运书喜重拙，求与汉魏

165

簜④。尺幅铺战阵，五龙绞成戉⑤。力欲透纸背，势将吞宇窦。当其未冠时，道艺久枕漱。俯仰天啸楼，万卷杂然糅。今古任纵横，不知昏与昼。学如大海潮，百川聚其沤。过目即铭心，捷手比飞狖。陈思夸七步，对之亦惊仆。贾生称俊才，相望应惭陋。内美既如此，修能更云富。骐骥日长成，千里许奔走。丈夫志四海，一隅岂能宥⑥。纂修通志馆⑦，卞璧初得售。方志聚千种，历览如神祐。楚辞考地理⑧，何惮时论诟。譬把隋侯珠，缊幽出深甃。世人多不识，往往惊恟怮。公起抉其微，论破千年旧。书斋味正酣，不意战伐又。倭奴日猖獗，华夏横狂兽。辗转流千里，何地能逃寇。行行到瑶山，境穷乃自救。相从有诸生，仰之如哺鷇。研杜身感同，吟哦力更奏⑨。世乱惯风霜，此心何曾贸。亦尝有高贤，因病得邂逅。誉虎⑩万卷书，适足埋颈脰。岫庐撰辞典⑪，赖公发蒙瞀。视野愈推拓，学力如奔溜。归来纂潮志，廿册事立复⑫。持之较前朝，孰能出其右。鼎革赴香江，似有神明胄。儒贾方继仁，如兰同其臭。稻粱久抛荒，生计赖其副⑬。故国莼园中，榛莽飞鼪鼬。企首怅海天，极目修眉皱。虽憺乡国杳，幸免牛蛇斗。国中诸文士，廿载似惊雊。唯公得地利，八方来辐辏。日欧诸胜流，雅会频且骤⑭。从容遨四洲，甲骨遍亲炙。飞笺证楚简，引经释古籀。但喜开埠头，不遑身长逗。力垦学原荒，后人易耕耨。校笺《想尔注》，异国来争购。探赜敦煌曲，观者唯逗谬⑮。目录作南车，驾轻自其幼。十年考词籍，疏源而正谬。绝学成一家，非同彼钌铞。亦尝考古迹，穿穴复临枢。壁画溯史前，排比如登豆⑯。考辨惊神鬼，献舞起百兽。亦尝究梵学，亲证探灵鹫。法显与玄奘，瞠然惊落后。佛国遍履迹，飙轮不暂留。堂庑广且深，中西相婚媾。更喜获知己，戴氏⑰笑携袖。品赏黑湖幽，凭吊法王狩。峻调通灵处，掷诗立百首。诵之陶然醉，佳酿自蒸馏。九能罗难尽，大美不胜收。溯河必穷源，张弓必满彀。汗流王与陈⑱，学更如薪槱⑲。巨奖获儒莲⑳，元贞不待繇㉑。述作凌江山，声华传于妯㉒。旦暮几契心，千秋希一遘。在地为岱岳，在天为列宿。天地参化育，英灵一身厩㉓。葆此冰雪心，澄澄比莹琇。理胜涤玄览，沛然立中霤㉔。何物令公喜？松鹤差可狃㉕。逍遥神自足，巍峨德乃懋㉖。花甲定重周，善摄通营腠。愿煮海作酒，持之为公侑。愿公金石躯，刚健能无疚。余则三沐熏，朝暮为公呪。嗟此仰止心，万语不足觏㉗。祝此一瓣香，虽微亦能齅。弹冠奏百谣，长揖来献酳。

①公七岁撰《后封神榜》。

②《玉篇·水部》："凑，聚也。"

③公年十八续成其尊人饶锷之《潮州艺文志》。

④《玉篇·辵部》："篷，齐也。"

⑤《说文解字》："戊，中宫也，象六甲五龙相拘绞也。"

⑥宥，通囿。

⑦公年十九入广东通志馆，为纂修。

⑧公著《楚辞地理考》与钱穆辩难。

⑨奏《说文解字》云："进"。

⑩公助叶恭绰编《全清词钞》，遍览其藏书。

⑪公助王云五编《中山大辞典》。

⑫复，事毕。《谷梁传·文公八年》："未复而曰复，不专君命也。"

⑬副，助也。

⑭骤，屡次。《广雅·释诂三》："骤，数也。"

⑮诞讓，不能言也。

⑯登豆，《诗·生民》："于豆于登。"《尔雅·释器》："木豆谓之豆，瓦豆谓之登。"韩昌黎《南山诗》："或揭若登豆。"徐震《评释》："或如登豆分立。"

⑰戴密微，法国汉学家。

⑱王与陈，王国维与陈寅恪。钱仲联谓公"返视观堂、寒柳以上诸家，譬如积薪，后来居上"。（《固庵文录》序）

⑲薪樀，《诗》云："薪之樀之。"《毛传》："积也。"

⑳公曾获法国法兰西学院"儒莲汉学奖"。

㉑繇，《广韵·宥韵》："繇，卜兆辞也。"引申为占卜。

㉒姤，通后。《后汉书·鲁恭传》："按《易》五月姤用事。"李贤注："本多作后，古字通。"

㉓厩，本义为马舍，引申为聚集。

㉔中霤，《释名》："中央曰中霤。"

㉕狙，《尔雅·释言》："狙，狽也。"

㉖懋，盛大。《书·大禹谟》："予懋乃德。"

㉗儵，借也。

潮州饶宗颐学术馆铭

（2006 年）

先生宗颐，选堂其号。书香盈门，幼承庭教。长以诗鸣，驰誉岭表。续成艺文，谈迁辉耀。总纂潮志，家邦瑰宝。

及丁鼎革，寄迹香江。绝学继圣，幽发潜扬。词源凿险，楚泽拓荒。通考殷契，探赜敦煌。想尔惊世，儒莲名彰。

融贯东西，今古罕匹。授业三洲，证道解惑。国史经纶，卓见宏识。梵藏楔文，博研精译。预流得果，导路先率。

文史并擅，道艺兼通。墨惊神鬼，琴和筠松。画妙飞白，心寄鸿蒙。至矣善矣！允称文雄。通儒百世，享我饶公。

读《白山集》·用大谢送孔令韵

（2008 年）

蕉窗展诗轴，恍对太古雪。冥坐室生白，浣波肠亦洁。留此杜若馨，彼美岩松节。岂不怀古圣，更欣对今哲。悟得暗里闇，璧月无亏缺。譬得濠鱼乐，但可自愉悦。千秋一庄叟，许我陪末列。今复有选翁，天籁奏无阕。六龙回日车，驭空难觅辙。吹万虽不同，归一本未别。所以樗栎云：天庸赐吾劣。

《颐园集》自序

（2008 年）

弥纶子栖于颐园意内言外之居，日与鲦鱼鸥鸟徜徉，独同天地精神来往。横磨壮志，幼安之榻坐穿；尽撤冰弦，靖节之琴悬老。开蒋诩之三径，罢梁鸿之五噫。夕惕朝乾，尽一心其慎独；知新温故，破万卷而存疑。乃抚恨平生，拾欢畴日。适几上有选堂《白山集》一卷，遍和大谢之作。晴窗披览，但觉遥山积雪，眼底奔来；清渭停流，心中无碍。爱次其韵，用移我情。间诵黄晦闻《谢康乐诗注》。揖让饶公，推敲谢客。质来运斧，兴至捉刀。叹风雨乎鸡鸣，云胡不喜；留雪泥之鸿爪，春梦无痕。期月而成章三十有六，都为一集，命曰颐园，志其地也。呜呼！世正熙熙，谁复援乎古调；诗成了了，敢求必得解人。聊书片语，用志因缘云尔。戊子仲秋渺之识。

《饶宗颐绝句选注》毕稿，兴犹未尽，补题四绝

（2013 年）

天风咳唾信无俦，把卷神驰过五洲。一曲水仙波外听，空余沧海忆乘舟。

会心无碍始能游，半榻灯青接素秋。绝爱长空射弦月，一钩截断大江流。

波澜老去任扁舟，笔底狂花历历收。悟到好峰随处改，浮云手抉纵青眸。

乾坤浪荡壮兹游，世换鸿飞几度秋。啸路天涯诗自老，子规声里望神州。